어린
축제

청소년 소설 _17
어린 축제

이상권 글

펴낸날 2024년 1월 17일 초판1쇄
펴낸이 김남호 | 펴낸곳 현북스
출판등록일 2010년 11월 11일 | 제313-2010-333호
주소 07207 서울시 영등포구 양평로 157, 투웨니퍼스트밸리 801호
전화 02) 3141-7277 | 팩스 02) 3141-7278
홈페이지 http://www.hyunbooks.co.kr | 인스타그램 hyunbooks
ISBN 979-11-5741-397-3 43810

편집 전은남 | 디자인 디.마인 | 마케팅 송유근 함지숙

ⓒ 이상권 2024

이상권

어린
축제

현북스

| 차례 |

이번에는 정시진 님이 주신 사연입니다. 저는 광주에서 '시진 이발관'이라는 이발소를 하고 있는 29살 건강한 청년인데, 진실한 여자 친구를 찾고 있습니다. 키는 큰 편이고, B형에다 활발한 성격입니다. 평소 음악에 관심이 많아서 색소폰을 배우고 있습니다. 저와 친구가 되고 싶은 분들은 연락 주시기 바랍니다.

민수는 시냇물을 가로지르는 나무다리에 앉아 있다. 호주머니 속 트랜지스터 라디오에서 감미로운 여자 DJ 목소리가 흘러나온다.

라디오는 유일한 아버지 유품이다. 아버지는 우연히 얻은 고물 라디오를 날마다 해부하더니 기어이 그 심장을 뛰게 했다. 민수는 8살 생일 선물로 그 녀석을 받았다.

그때부터 라디오는 특별한 친구가 되었다. 속상하거나 생각이 어지러울 때도 라디오를 들으면 마음이 차분해졌다. 뭐랄까, 위로받는 기분이랄까. 이제 라디오가 없으면 왠지 불안해진다.

언제부턴지 민수는 몽상가가 되었다. 이런 방송을 듣다 보면, 펜팔 사연을 보낸 사람 얼굴까지 세세하게 떠오른다. 심지어 그 사람 마음속 심연까지도 상상할 수 있다.

지금도 민수는 정시진이라는 사람을 상상하고 있다. 당사자가 20대에 자기 이발소를 갖고 있다는 걸 보면, 직업에 대한 열정이 대단한 사람일 것이다.

갑자기 빗방울이 콧등을 내리친다. 그 서슬에 놀란 민수는 라디오 소리를 줄이면서 시냇가 건너편 딸기밭을 쳐다본다. 어머니 실루엣이 사라졌다. 조금 전까지만 해도 민수는 어머니랑 딸기밭에서 일했고, 소변이 마렵다는 핑계로 잠깐 쉬던 참이었다.

바람을 닮은 실버들이 얼굴을 간질인다. 며칠 전에 태어난 연초록 배냇이파리에는 태초의 순결이 머물러 있다. 수만 년을 구불구불 걸어온 시냇물이 영원한 젊음을 유지하는 것은, 저 실버들의 푸르름 때문이리라.

"좋다! 쏟아져라, 쏟아져라!"

민수는 두 팔을 들고 온몸을 흔들어 댄다.

빗방울도 신나게 중력의 법칙을 즐긴다.

민수는 라디오에서 흐르는 노래에 따라 몸을 흔들면서 무아지경으로 빠져들었다. 그러다가 다리 진동이 느껴지자 깜짝 놀라면서 옆으로 고개를 돌린다.

"어이, 학생! 내 말 안 들려?"

서너 걸음 앞에서 낯선 남자가 까만 우산을 뱅글뱅글 돌리고 있다. 감색 양복 차림으로 키가 크고 이목구비가 또렷하다. 어른들이 선호하는 고전적인 미남형이라고나 할까.

"어, 뭔가 방해한 것 같아서 미안하네. 고등학생인가?"

민수는 중3이라고 대답했다.

"내 동생이랑 동갑인데, 키가 크구먼."

낯선 남자는 시냇물 따라 흔들리는 수십 그루 실버들을 둘러보더니, 불쑥 홍무정씨네 집이 어디냐고 물었다. 어디서 들어본 것 같기는 한데, 마을에는 그런 이름을 가진 사람이 없다.

그가 민수에게 주소가 적힌 종이를 내밀었다.

"어, 이건 무채 형네 집인데……."

민수는 고개를 갸우뚱했다.

· · ·

담쟁이 옷을 입은 돌담 너머로 기타 소리가 울려 퍼진다. 무채가 마루에 앉아서 기타를 치고 있다.

무채는 지난 2월에 제대했다. 소천 할머니 눈빛에는 늦둥이 아들이 군대에서 두 가지 기술을 배워 왔다는 자랑으로 한동안 반짝거렸다. 자동차 운전도 대단한 일이다. 그런데 생소한 기타까지 들고 온 아들이 '눈물 젖은 두만강'을 연주하면서 애절하고 흥겹게 노래를 뽑아 냈다. 소천 할머니는 흐뭇했다.

민수는 그런 기억을 곱씹으면서 마당으로 들어선다.

"형, 이분이 홍무정씨 댁을 찾는데, 주소가 형네 집이야."

무채는 기타를 뒤로 밀어내면서 벌떡 일어난다. 유독 하얀 얼굴이라 당황하는 붉은빛이 더 또렷했다. 무채는 머리를 긁적이면서 마루 밑으로 내려온다.

소천 할머니도 부엌에서 얼굴을 내밀었다. 살아오면서 얼굴에다 화장품 한 삽 퍼다가 자분자분 토닥여 본 적이 없는데도, 그 얼굴은 희고 맑다. 비바람과 햇살도 고운 유전자가 지켜 주는 그 얼굴을 해코지하지 못했다. 그 유전자는 아들에게 그대로 흘러갔다. 그러니 아무리 햇살밭에서 뒹굴어도 무채 얼굴은 가무스름하지 않았다.

무채는 엉거주춤 인사하고는 손님을 자기 방으로 안내했다. 손님은 벽에 걸린 스케치북 크기의 그림을 유심히 쳐다본다. 조금 전에 본 실버들 숲이 그림 속에서 흔들리고. 노란 우산을 쓴 여자가 걸어가고 있다.

"그림이 근사하네요. 노란 우산과 연초록 버들가지가 잘 어울리네요."

손님이 스스로 어색함을 떨치려고 애써 하는 말이다. 무채가 민수를 보면서, 저 아이가 그린 것이라고 말했다. 순간 손님이 민수를 보고는 훌륭한 화가가 될 소질을 갖고 있다고 칭찬해 주었다. 민수는 괜히 쑥스러웠다.

잠깐 침묵이 흐른다. 이윽고 무채가 손님 눈치를 보면서 입을 열었다.

"정말 죄송합니다! 이렇게 찾아오실 줄은 몰랐습니다. 제가 제대하고 나서 적적하기도 하여, 재미 삼아 홍무정이라는 여자 이름으로 음악방송에다 펜팔 신청을 했는데⋯⋯."

순식간에 손님 얼굴이 굳어진다. 눈빛을 어디에다 고정해야 할지 몰라 방바닥을 보다가, 자기 손을 내려다보다가, 괜히 창밖을 보다가 결국 한숨을 토해 내고야 말았다.

그제야 민수는 자기 머리를 툭 친다. 아하, 그래서 많이 들어 본 이름 같았구나!

이번에는 홍무정 님의 사연입니다. 저는 농촌에 사는 홍무정이라고 합니다. A형이고, 나이는 21세이고, 책을 아주 좋아합니다. 농촌에다 꿈을 두고 있는 멋지고 건강한 오빠를 찾고 있습니다. 아참, 저는 나무가 많은 마당에다 나무집을 짓고 사는 게 꿈이랍니다. 생각만 해도 근사하네요. 자, 홍무정 님이 신청하신 음악이 흐르고 있습니다. Smokie의 Living Next Door to Alice⋯⋯

민수도 무채와 함께 그 방송을 들으면서 얼마나 낄낄거렸는지 모른다.

그 뒤로 전국에서 농촌 총각들 편지가 소나기처럼 쏟아졌다. 그래도 무채는 미안한 감정을 느끼지 않았다. 그냥 재미 삼아 했고, 답장하지 않으면 괜찮을 거라고 판단했으니까.

"진짜 이렇게 찾아오실 줄은 상상도 못 했습니다. 진심으로 죄송하고……."

손님은 한숨을 내쉬면서 손깍지를 끼었다가 풀고, 햇살이 단단하게 단련시켜 준 얼굴을 문지르다가 다시 천장을 보면서 뭐라고 탄식하다가 일어선다.

그때 소천 할머니가 소리쳤다.

"이런 미친 놈! 으째야 쓸꼬, 으째야 쓸고오! 내가 사과하겠소! 우리 아들이 아직 철이 없어서 그랬응께, 너그럽게 용서하씨요!"

소천 할머니는 마루를 내려오던 손님 팔을 덥석 잡아 그 자리에 앉혔다. 그러고는 접시에 담긴 붉은 딸기를 내밀면서 이거라도 드시고 가라고 하였다.

"저희 어머니도 딸기 농사를 짓고 있습니다."

그 눈시울이 붉어졌다. 손님은 묵묵히 딸기를 입안으로 밀어넣었다. 붉은 울음이 손님 입안에서 씹히고 있다.

민수는 처음으로 울음이 붉은색일 수 있다고 중얼거린다.

손님은 27살, 고졸이며 정읍에서 제법 큰 목장을 한다. 두 번이나 홍무정씨한테 편지를 했다. 답장이 없기에 직접 찾아와서 자기 마음을 전하고 싶었다. 소천 할머니 입에서는 "으째야 쓸고!" 하는 말이 추임새처럼 되풀이되었다. 손님은 소천 할머니가 따라 주는 술까지 받아 마셨다. 술이 오르고 나서야 얼굴이 하얘진 손님은, 손목시계를 보더니 일어났다.

손님을 배웅하고 온 무채도 술을 마셨다. 무채는 기타를 연주하면서 Smokie의 Living Next Door to Alice를 읊조리기 시작했다. 허스키한 무채 목소리와 빗소리가 만나서 그 선율을 더욱 애절하게 하였다.

그러자 소천 할머니가 벼 논에 날아든 참새 떼를 쫓듯이 팔을 휘둘렀다.

"그놈의 기타 그만 치고, 어매 말 좀 들어봐라. 아까 그 사람, 소를 백 마리나 키운다고 하지 않디야? 근디도 장가를 못 가서, 여기까지 온 것을 봐라. 이놈아! 나중에 촌구석에서 장가도 못 가고 허수아비만이로 살지 말고 어서 나가라. 너는 운전기술도 있는디, 뭣이 궁해서 요런 촌구석에서 살겠다고 염병하냔 말여!"

작심한 발언이다. 제대한 무채는 농촌에서 꿈을 이루겠다는
의지를 드러냈다.

민수는 그 숭고한 뜻을 무작정 지지할 수 없었다. 무채는 농
사일을 잘하는 사람이 아니다. 그런데도 마당에다 온갖 나무
를 심어 비밀의 정원을 만들고 나무집에서 아름답게 살고자 했
으니, 어쩌면 심하게 파랑새증후군을 안고 있는 사람인지도 모
른다.

무채는 유독 나무를 좋아했다. 민수도 나무를 좋아했다. 그
런 교집합이, 그들을 친해지게 했다. 무채는 민수 아재뻘이었으
나 이제 항렬 따위는 개똥 취급하는 세상이라면서 편하게 형이
라고 부르게 하였다. 그래서 더욱 친해졌다.

무채는 눈을 감고 알았다고 고개를 끄덕인다. 그 눈빛은 분
명 고민해 보겠다는 슬픈 제스처였다. 하지만 소천 할머니는 그
눈빛을 제대로 읽어 내지 못했다. 무채가 다시 기타를 치려고
하는 순간, 소천 할머니 손이 두꺼비 혓바닥만큼 빠르게 기타
를 낚아챈다.

"이런 것도 촌구석에서는 어울리지 않아. 일해야지. 베짱이
만이로 이런 것 치면서 한가하게 노래할 시간이 어딨어? 이런

것 치고 살라면 도시로 가야제!"

순간 무채가 다시 기타를 낚아채더니, 황톳물이 찰방찰방 넘치는 마당으로 뛰어내렸다.

어어! 민수 입에서 탄식이 터져 나온다.

무채가 기타를 마당에다 팽개쳤다. 기타는 척추가 부러지면서 "아이고!" 하고 소리쳤다. 분명 소천 할머니 입이 아니라 기타 울림통에서 터져 나오는 소리였다. 그 울림통 구멍은 한 번 빠지면 돌아올 수 없는 블랙홀처럼 깊어져서, 거칠게 쏟아지는 빗방울뿐만 아니라 소천 할머니와 무채까지 다 빨아들일 것 같다.

그로부터 1주일 뒤. 무채는 광주로 떠났다.

그리고 1년이 흘렀다.

우상이 무너지던 날

민수는 이어폰을 귀로 연결했다. 벌써 라디오 아나운서 목소리는 흥분으로 달궈진 상태다. 금속성이 심하게 섞인 목소리는 권투 중계하고 잘 어울린다.

드디어 1회전 공이 울렸습니다. WBC 플라이급 챔피언 박찬희 선수의 6차 방어전이 시작되었습니다. 박찬희 선수, 성큼성큼 링 중앙으로 오면서 가볍게 잽을 날려 봅니다. 바람에 흔들리는 풀처럼 잽이 부드럽게 나오는군요.

박찬희 선수는 고등학교 2학년 때 아시안게임에서 금메달을 땄다. 프로로 전향한 뒤 여러 기업체에서 손짓했으나 거부하고 힘든 대학생 복서의 길을 택했다. 당시 링의 대학교수라고 부르는 멕시코 미구엘 칸토는 14차 방어전까지 성공하여 장기집권 체제를 구축하고 있었다. 1979년 3월, 박찬희는 그 철옹성을 무너트렸다. 전 세계가 깜짝 놀랐다. 더 놀라운 것은 지금이 1980년 5월이니까, 14개월 동안 다섯 번이나 타이틀을 방어했다는 사실이다. 불과 2.8개월 만에 한 번씩 세계타이틀매치를 치른 셈이다. 그야말로 초인적인 기록이다.

박찬희 선수는 펀치력이 강하지 않고, 체력이 뛰어나지도 않고, 팔 길이가 긴 편도 아니다. 오직 성실한 노력만으로 불리한 조건을 극복하고 챔피언이 되었다. 그는 민수의 우상이었다.

텔레비전도 권투 중계를 하고 있었다. 그래도 민수는 라디오를 챙겨서 집을 나왔다. 눈으로 보는 것도 좋지만, 귀로 들으면 상상력까지 배양되어 훨씬 더 짜릿해지니까.

지난 2월 말 시골집에서 떠나올 때, 어머니는 라디오가 공부에 방해가 되니까 두고 가라고 선언했다. 민수는 라디오를 들으면 오히려 잡념이 사라지면서 집중이 된다고 우겼다. 그런 논리는 상대를 설득시킬 수 없었고, 오히려 어머니 눈빛은 더 단호하게 조여졌다. 민수는 학교까지 40분간 걸어야 하고, 그 시간에 라디오마저 없으면 어찌하냐고 하소연했다. 그제야 어머니 눈빛이 풀어졌다. 그 길을 답사한 적이 있는 어머니는 아들 말에 수긍하지 않을 수 없었다.

아나운서는 오늘도 챔피언이 무사히 방어전에 성공할 것 같다고 하면서, 도전자 일본 오쿠마 쇼지의 약점을 구구절절 늘어놓았다.

민수는 상상 속으로 빠져들기 위해서 집중했다.

도전자는 지금까지 방어전을 치른 선수 중에서 전력이 가장 약하다. 여섯 번이나 세계 챔피언에 도전했다가 참패했으며, 나이도 30대로 접어들어서 이미 한물간 선수다. 어쩌면 초반전에 끝나 버릴지도 모른다. 민수는 그런 상상을 하면서 아나운서처럼 중얼거린다. 라디오를 가지고 나온 것도, 그런 중계 놀이를 만끽하기 위해서다.

"민수 형, 진짜 권투 중계 안 볼 거야?"

호동이는 그런 민수를 이해할 수 없다는 눈빛으로 쳐다보았다.

"민수야, 권투는 다 같이 봐야 재밌어. 어려워하지 말고 안방으로 와라!"

호동이 작은아버지도 안방에서 몇 번이나 민수를 불렀다. 민수는 그들의 눈빛을 뿌리치면서, 라디오로 듣는 재미가 더 긴장감 있다고 어설프게 둘러댔다.

- - -

민수가 광주로 고등학교 간다고 하자, 호동이 할머니가 찾아왔다. 하숙이나 자취하지 않을 거라면, 당신 작은 아들네 집에 들어가라는 것이다. 손자 호동이 공부를 가르쳐 주는 조건이었다.

호동이는 아버지가 세 번이나 결혼하여 간신히 뽑아 낸 아들이다. 마을에서 가장 부잣집의 유일한 근심거리는 대를 이을 아들이 없는 것이었으니, 호동이가 얼마나 귀한 대접을 받았을지 상상이 가능할 것이다. 호동이는 민수보다 두 살 아래고, 초등학교도 광주에서 시작했다. 장손이다 보니 일찌감치 대도시로 보내서 집안 미래를 준비한 것이다.

민수는 그 제안이 귀에 들어오지 않았다. 작년 5월에 광주로 가서 택시 운전사가 된 무채네 집을 이미 예약해 놓은 상태였으니까. 그런데 막상 그 집을 답사했더니 시내버스로 50분 넘게 몸살 해야만 학교 앞까지 갈 수 있었다. 그건 예상치 못한 복병이었다. 민수에게 차멀미란 노력으로도 극복할 수 없고, 그냥 안고 살아야만 하는 운명 같은 것이었다. 민수는 그런 도시의 계율이 너무 버거웠다. 그러니 호동 할머니 제안을 받아들일 수밖에 없었다. 다행히도 그 집에서는 학교까지 걸어갈 수 있었다.

● ● ●

어느새 민수의 상상 속으로 호동이 작은아버지까지 들어와 있다. 호동이는 심판이고, 작은아버지는 챔피언 매니저다. 민수는 그런 상상력을 즐기면서 중얼거린다.

아, 도전자 오쿠마 쇼지 선수가 변칙으로 나옵니다. 일부러 머리만 앞세우고 나오는데요, 버팅에 조심해야 합니다. 심판이 한 번 불러서 경고해야 하는데, 웬일인지 심판이 버팅에 너무 관대합니다. 관중들 야유가 쏟아지고 있지만, 중국계 미국인 심판 호동 씨는 요지부동입니다. 이럴 때는 말이죠, 좌우 스텝을 빠르게 밟으면서 어퍼컷을 날려야 합니다.

걷다 보니 골목 끝이다. 민수는 주춤거린다.

오전에 회사에 나갔다가 들어온 호동이 작은아버지는 라디오를 들고 나가는 민수에게 S대학 앞에는 가지 말라고 하였다. 계엄군이 있을지 모른다고 하면서. 민수는 알았다고 대답했다. 시내버스 운전사인 작은아버지는 공수부대가 사람들만 보면 미친 듯이 달려들어서 제압하고 어디론가 끌고 간다고 덧붙였다.

막상 골목으로 나오자 호기심이 민수를 자극했다. 어제까지만 해도 S대학 앞에는 계엄군이 없었다. 더구나 이곳은 변두리다. 게다가 그 대학에서는 아직 시위 한 번 일어난 적이 없었다. 그러니 계엄군이 있을 리 없다고 판단했다.

길 건너에는 고딕양식 모범생 같은 S대학이 삐죽삐죽 자라고 있다.

슬그머니 골목에서 나온 민수는 움칠 놀라면서 멈춰 섰다. 대학 정문에 수십 명의 계엄군이 도열해 있다. 순간 정수리에서

서늘한 기운이 흘러내린다. 민수는 저도 모르게 고개를 돌린다. 어제하고는 영 분위기가 다르다.

어젯밤에 계엄령이 전국으로 확대되고, 새벽에 공수부대가 시내에 투입되었다. 일반 군인과 공수부대는 차원이 다르다. 공수부대라는 말 어감은 그냥 듣기만 해도 긴장된다. 무섭다. 최정예 부대라고 하는 특수부대가 시위 진압에 투입되었다는 것 자체가 비정상이다.

대학 정문에서 백여 미터쯤 걸어가면 버스 종점이 나온다. 민수는 종점에 있는 슈퍼마켓까지 갈 예정이다. 그 슈퍼는 스포츠 경기가 중계될 때마다 텔레비전을 미끼로 평상에다 내놓고 손님들을 모았다.

설마, 나를 대학생이라고 보겠어? 민수는 청색 체육복 바지에다 교련복 상의 차림이다. 그래도 다리가 움직이지 않는다. 저 군인들도 공수부대일지 모른다는 두려움이 다리를 굳게 하였다.

왜 이러지? 난 군인들을 별로 무서워하지 않았는데……. 민수는 초등학교 3학년 때까지 경기도 파주에서 살았다. 마을 앞으로 반짝반짝 흐르는 냇물 건너편에 군부대가 있었다. 군인들은 언제나 마을에서 도움을 청하면 도와주는 이웃이었다. 장마 때 개울둑을 함락시키고 거침없이 논밭으로 진격해 오는 황톳물에 맞설 수 있는 것도, 오로지 군인들뿐이었다. 군인들은 가난한 집 모를 심어 주기도 했고, 벼 설거지를 해 주기도 했고, 무너진 담을 예쁘게 쌓아 주기도 했다.

그런 군인들이 왜 선량한 시민들을 해치는 걸까? 민수는 자꾸만 군인에 대한 근원적인 물음표를 던진다. 그들이 두렵다. 그들이 두렵다는 것은 믿음이 사라진다는 뜻이다.

결국 민수는 돌아설 수밖에 없었다. 곱절이나 더 발품을 팔아야 갈 수 있는 다른 길을 선택했다.

예상대로 종점 슈퍼마켓 앞은 북새통이다. 사람들은 권투 시합을 보면서도 온갖 소문을 주고받았다. 공수부대원들이 대학생 같은 젊은 사람뿐만 아니라 어린아이는 물론이요, 나이 든 어른까지 잡아간다는 이야기도 들렸다.

이래저래 권투 중계에 집중이 되지 않았다. 민수는 슬그머니 사람들 무리에서 빠져나오다가 누군가의 목소리를 들었다. 시래였다. 시래가 민수 팔을 잡아당긴다.

"어, 누나! 어쩐 일이야?"

"엄마 생신이라 시골에 갔다 오는 길이야. 근데 너 왜 시골에 가지 않았어?"

"피곤해서. 지난주에 체육대회가 있었거든."

그건 사실이다. 근데 진짜 이유는 성적 때문이다. 지난주에 중간고사 성적이 나왔다. 성적표는 이미 시골집으로 배달되었을 것이다. 지금까지 받은 성적표 중 최악이다. 민수는 어머니를 볼 자신이 없었다.

• • •

시래는 민수가 처음 봤을 때부터 비현실적인 존재였다.

초등학교 4학년 때 전라도 함평으로 이사 오고 몇 개월이 지났을 때였다. 어머니가 준 호박 부침개를 들고 시래네 집에 갔다. 시래는 유난히도 반갑게 맞이했다.

"네가 민수구나? 아버지랑 꼭 닮았네! 어쩜 저렇게 판박일까?"

시래는 민수를 거실로 불러서 음료수 환타를 따라 주었다. 민수는 음료수를 먹다가 시래의 방에서 살고 있는 수많은 책을 보고 놀랐다.

"너, 혹시 책 보고 싶으면 언제든지 와."

민수는 그렇게 많은 책을 처음 보았다. 방에서는 묘한 향기가 났다. 책꽂이 사이사이에 매달린 마른 꽃 때문인지, 시래 몸에서 풍기는 것인지 알 수 없다.

민수는 집에 오자마자 어머니에게 물었다.

"엄마, 시래 누나는 대학생이야?"

"아니, 고등학교 중퇴한 걸로 아는데……."

"난 대학생들만 책을 많이 보는 줄 알았는데. 근데 그 누나 엄청 예뻐."

어머니는 민수 말에 맞장구치고는, 이 세상에서 가장 아름다운 사람이라고 말했다. 아름다운 여자도 아니고 아름다운 사람이라고, 상추를 모종하듯이 또박또박.

민수는 어머니 입에서 나온 표현이라고 믿어지지 않았다.

예쁘다는 말이야 누구나 하지만, 아름답다는 말은 시골 사람들이 쉽게 하는 말이 아니다. 아름답다는 말은 너무 고급스러운 표현이다. 예쁘고, 맑고, 그런 경계를 넘어선 사람에게나 붙여 줄 수 있는 찬사라고나 할까. 더구나 아름다운 사람이라고 했으니, 그건 여자라는 경계조차 훌쩍 넘어선 성스러운 표현이다.

어머니는 지금까지 겪어 온 사람 중에서 시래만큼 현명한 사람을 보지 못했다고 했다. 자기 자신을 바꾸려고 하지 않고 있는 그대로 인정하면서도, 운명에 굴복하지 않고 살아가는 나무뿌리 힘이 느껴진다고.

민수는 그 말뜻을 이해할 수 없었다.

어머니는 다시 태어나면 시래처럼 살아보고 싶다는 말도 덧붙였다. 시골에서 살든, 도시에서 살든, 아프리카 사막에서 살든, 행복하게 살 것이라고.

민수는 어머니 입에서 나온 행복이라는 말이 너무 낯설었다. 다른 세상에서 들려오는 말 같았다고나 할까.

시래는 얼굴이며, 옷차림, 행동, 그 어디에서도 시골스럽다는 느낌을 찾아낼 수 없었다. 말투도 서울말에 가까웠다. 그런 사람이 시골에서 살아간다는 것 자체가, 뭔가 잘못된 것 같았다.

게다가 소문난 일꾼이다. 하도 여리여리해서 일하고는 거리가 멀다는 선입견을 주는데, 막상 논밭에 들어가면 전혀 다른 사람이 되었으니, 그 극단의 불일치를 어찌하랴!

민수가 고등학교에 입학하고 열흘쯤 지났을까. 뜻밖에도 시래가 근처로 이사 왔다. 고속버스 안내양이 되었다는 말을 듣고서야, 이제야 그의 삶이 정상으로 돌아왔음을 알았다.

민수는 이삿짐을 날라 주고 저녁을 먹다가, 우연히 자기 꿈을 이야기했다.

시래는 환하게 웃어 주었다.

"넌 내성적이지만, 자리가 편안해지면 진짜 말을 재밌고, 구체적으로 표현하잖아? 그러니까 아나운서도 잘할 거야. 물론 그림도 잘 그리기 때문에 그런 쪽도 생각할 수 있지만."

민수는 화가를 꿈꾼 적이 한 번도 없었다. 그림 그리기를 좋아하기는 해도, 자기 재능이 특별하다고 자부하지는 못했다.

다른 꿈을 구체적으로 그려 본 적도 없다. 그냥 살아가다가 자기 마음에 맞는 일이 생기면 자연스럽게 받아들이면서 살아가게 되겠지, 그랬을 뿐이다.

그러니 아나운서라는 꿈이 마음속에서 자생하게 된 것은 정말 놀라운 일이다.

중학교 2학년 때였다. 민수가 라디오로 야구 중계를 들으면서 어설프게 중계방송하는 흉내를 내자, 근처에 있던 친구들이 진짜 아나운서 같다고 칭찬했다. 그날부터 아나운서를 꿈꾸기 시작했다. 그것이 얼마나 어려운지도 잘 알고 있다. 당연히 그 누구에게도 말한 적이 없었다. 그러니 시래 앞에서 불쑥 나와 버린 그 말 때문에 얼마나 당황했는지 모른다. 뜻밖에도 시래는 아나운서라는 꿈이 허황된 게 아니라면서 오히려 격려해 주었다.

· · ·

시래는 거의 혼잣말에 가깝게 말했다.

"지금 시내 상황이 아주 심각한 모양이야. 시외버스도 터미널까지 가지 않고 중간에서 다 내려 주더라. 승객들이 왜 터미널까지 안 가냐고 하니까, 기사 아저씨가 그러더라. 터미널에서 공수부대원들이 차에서 내리는 사람들을 마구 곤봉으로 후려치고……, 그야말로 생지옥이래. 아이고, 세상이 왜 이러냐?"

"누나, 저기 S대학 앞에도 계엄군이 있더라. 어젯밤에 계엄이 전국으로 확대되면서 뭔가 확 달라졌어. 그 군인들도 공수부대원인가? 무섭다!"

민수는 저도 모르게 목소리를 높였다.

시래가 어깨를 툭 치면서 목소리를 낮추라고 눈짓했다.

"너, 그 앞으로 절대 가지 마라."

민수가 고개를 끄덕였다.

시래가 몇 걸음 물러나다가 민수를 보았다.

"참, 최근에 무채 봤니?"

민수는 고개를 흔들었다.

"나도 시골에서 올 때 보고, 아직까지 보지 못했어."

· · ·

지난 2월 말이다. 무채는 택시를 몰고 민수네 마당으로 들어왔다. 순간 민수는 혼례식이 떠올랐다. 마을에서 혼례식을 할 때는 택시 가마가 동원되었다. 신랑 친구들이 꽃으로 치장한 택시 가마가 마당으로 들어서면, 그곳에 모인 사람들이 박수로 환영했다. 신랑 신부는 그런 축하를 받으면서 택시 가마에서 내렸다. 그렇게 혼례식이 시작되었다.

그 말을 들은 무채는 킬킬킬 웃었다. 나중에 민수가 결혼하게 된다면, 택시를 꽃가마로 꾸며서 태워 주겠다고 약속하면서.

민수는 몇 살이 되어야만 운전면허를 딸 수 있냐고 물었다.

"야, 난 이삼 년 안에 결혼할 거니까, 니가 모는 택시 가마는 탈 수 없어."

"형, 누구 사귀는 사람 있어?"

무채는 민수 눈빛을 피하면서 슬그머니 말꼬리를 돌렸다.

"나 때문에 광주로 가는데, 같이 살지 못해서 아쉽다. 어쨌든 같은 시내에 사니까 자주 보자."

원래 민수는 중학교 3학년 여름에 서울로 전학 갈 예정이었다. 서울에는 외삼촌이 살고 있었다. 그런데 무채가 광주로 가면서 변수가 생겼다. 민수는 친형처럼 살가운 무채 옆에서 고등학교 생활을 하고 싶었다. 무채의 품성을 아는 어머니도 수긍하고, 그래서 갑자기 아들의 궤도를 수정하게 된 것이다.

택시가 아랫마을 당산나무 근처에 정차했다. 갑자기 무채는 차에서 내리더니 당산나무 뒤쪽으로 뛰어갔다. 민수는 무채가 급하게 나오는 소변을 해결하려고 달려가는 줄 알았다. 그런데 동백꽃을 한 아름 안고 나타난 무채를 보는 순간, 그제야 당산나무 뒤에 있는 동백나무가 떠올랐다.

"자, 받아라. 미리 입학식 축하 꽃다발이다! 나중에 더 좋은 일이 생기면, 진짜 그때는 내 차를 꽃으로 치장하고 너를 태워 줄게."

민수는 동백꽃을 가슴에 안았다. 뭉클했다. 나중에, 아주 많은 시간이 흐른 뒤에 사랑하는 사람을 만나서, 무채가 운전하는 택시 가마를 타고 혼례식이 열리는 생가로 들어설 때, 아 그 떨림이 어떨까.

· · ·

시끌시끌하던 슈퍼마켓 앞이 조용했다. 뭔가 이상하다.

민수는 사람들 무리 속으로 들어가다가 손으로 입을 가렸다. 우상이 무너지고 있었다. 여기저기서 절망스러운 탄식이 터져 나온다.

도전자 주먹이 계속 챔피언 아랫배를 파고들었다.

"말도 안 돼! 아!"

저도 모르게 민수가 소리쳤다.

"에이, 졌다. 민수야, 가자!"

시래가 민수 손을 잡아당겼다.

챔피언은 흐물흐물 녹아내리듯 주저앉고야 말았다. 도저히 믿어지지 않았다. 차라리 꿈이었으면 좋겠다.

그렇게 5월 18일, 일요일이 저물어 갔다.

2

교실 안 녹색 광장

월요일 아침이다. 벌써 햇살의 무게가 느껴져서 그런지 호동이는 까만 모자를 옆으로 삐딱하게 쓰면서 그 뜨거운 서슬을 차단하려고 했다. 나이에 비해 작고 볼살이 통통해서 또래들보다 훨씬 어려 보인다.

민수는 두 갈래 길 앞에서 멈추어 선다. 곧장 질러가면 S대학이 나오고, 오른쪽으로 가면 구불구불한 골목길을 에돌아서 버스 종점이 나온다.

"넌 S대학 쪽으로 가라, 난 시간이 걸려도 돌아가야겠다. 그 대학 앞에 계엄군 있잖아? 넌 괜찮을 거야."

"형, 무슨 소리야? 나도 안심할 수 없어. 나는 학교가 시내 중심가에 있잖아? 난 지난주에 벌어진 시위도 직접 봤다고……."

호동이는 온갖 몸짓까지 하면서 뭔가 더 말하려고 했다.

라디오에서 뉴스가 나오고 있다.

아나운서는 광주에서 폭도들이 판을 치고 있으며, 다수의 계엄군이 다쳤다고 했다. 그래서 정부는 단호하게 폭도들을 진압할 것이라고 강조했다.

"에이 진짜 말도 안 돼. 나도 시위하는 걸 봤는데, 태극기 펼쳐 들고 평화롭게 걸어갔어. 근데 계엄군이 엄청 최루탄 쏴 대고……."

민수는 아무런 말도 하지 않았다.

"그나저나 형 진짜 라디오 좋아한다!"

호동이 말에 민수는 싱긋 웃었다. 호주머니에서 라디오를 끄집어내 다이얼을 돌린다.

버스 종점이 가까워지자 안개가 짙어졌다. 버스는 그런 안개를 가득 싣고 어디론가 떠났다. 출근하는 사람들 눈 속도 안개로 흐릿했다. 세상을 걱정하는 것일까, 두려워하는 것일까, 체

념하는 것일까, 잊으려고 하는 것일까, 아니면 모든 것을 부정하려는 것일까.

민수도 자꾸만 눈을 깜박인다. 그리고 호동에게 몸조심하라고 말했다.

종점에서 공단 쪽으로 쭉 뻗은 도로 우측에는 아시아 자동차 공장이 있다. 광주에서 가장 큰 기업체다. 길 건너편에도 화천기공사를 비롯하여 온갖 공장들이 옴닥옴닥 붙어 있다. 그곳을 지나는 차들의 텃세는 가히 폭력적이다. 걸핏하면 신호와 중앙선을 무시하고, 마구 경적을 토해 낸다. "정신 차려야 한다!" 어머니는 민수가 다니는 길을 눈으로 확인하고는, 그 말을 몇 번이나 했다. 하수구에서는 단숨에 폐를 녹여 버릴 것 같은 정체불명의 독한 냄새가 도발적으로 풍긴다. 민수는 코를 움켜쥐었다. 그곳은 고요도 없고, 풍경도 없다. 사나운 메아리들만 아우성친다. 그러니 라디오가 없다면 도저히 갈 수 없는 길이다.

민수는 다시금 박찬희 선수를 떠올린다. 어제의 충격을 받아들일 수 없다. 뭔가 이상하다. 보이지 않는 악의 세력이 시간을 장악하고는 마구 흔들어 대는 건 아닐까. 군인들의 시간까지 흔들어서, 국민을 적으로 혼동하게 하는 게 아닐까. 박찬희 선수의 시간도 흔들렸을 것이다. 그러니까 제 기량을 발휘하지 못하고 허무하게 무너진 게 아닐까.

· · ·

민수는 가만가만 교실로 들어선다. 수업 시간에 선생님 눈빛에 접속하는 학생들을 보면 대학입시라는 교주를 맹목적으로 추종하는 어떤 광신도들의 의식 같다. 오직 민수만이 그 믿음 속으로 빨려들지 못하고 있다. 그런 교실 분위기와 도시의 낯설음 사이에 민수는 허둥거렸다.

민수는 유령처럼 의자에 앉았다. 짝꿍이 흘깃 보았다. 빛이 안 드는 동굴에서만 살아온 사람처럼 얼굴이 유독 하얀 아이. 좀처럼 감정을 드러내지 않는 아이. 짝꿍의 손에서는 볼펜이 빙글빙글 손가락과 손가락 사이로 현란하게 춤을 추면서 돌아다녔다. 짝꿍은 공부를 잘한다. 특히 영어는 경쟁자가 없다.

짝꿍이 불쑥 물었다.

"별일 없었지?"

"어, 나? 글쎄, 뭐, 그냥 집에 있었거든."

"자취하지?"

"어, 아니."

"하숙?"

"아, 아니고, 그냥 마을 친지네 집에."

"다행이다."

다행이라는 말이 고맙게 느껴졌다.

민수는 은연중에 선주선이라는 짝꿍 이름을 되새긴다. 앞으로 불러도 선주선, 뒤로 불러도 선주선!

교실은 묘한 긴장감이 가라앉아 있다.

칠판이 녹색 광장으로 바뀐 것은, 그냥 우연이었다.

반에서 가장 큰 아이가 칠판을 닦고 정리하다가, 갑자기 공수부대라고 분필로 썼다. 떠들어 대던 아이들이, 뭐야, 하는 눈빛으로 조용해졌다. 그 아이는 얼른 공수부대라는 단어를 지우려다가 주춤했다. 어느새 앞쪽에 앉은 아이가 나와서, 그 옆에다 화살표를 붙이고, 경상도 공수부대, 전라도 싹쓸이, 하고 썼다. 그 아이가 들어가기도 전에 다른 아이가 나와서, 역시 화살표를 붙이고, 이러다 우리도 다 죽는 거 아냐? 그렇게 물음표까지 크게 그렸다. 그 옆에 화살표가 붙고, 미국이 도와줄 것이니까 괜찮아, 하는 말이 붙었다.

미국이 도와줄 것이니까, 괜찮아! → 군인들이 미쳤다 → 어젯밤에 우리 이웃집도 군인들이 수색했다. 그 집 형이 대학생이거든 → 우리 옆집은 대학생 하나도 없는데 군인 들이 수색했어. → 우리 누나도 잡혀갈 뻔했다. 그냥 슈퍼 에서 오다가, 아버지가 달려가서 구해 냈다 → 어제 지하상 가 앞에서 군인들이 승객들 패고 밟는 거 보고, 좆 빠져라 도망쳤다! 하마터면 너희들 못 볼 뻔했다! → 천만다행이다 → 근데 왜 뉴스에는 안 나오는 거야? 왜 뉴스에서는 우리 한테 폭도라고 하는 거야?→진짜 억울해. 왜 광주 시민들 이 폭도냐고?

그때 학생주임 선생님이 앞문으로 힐끗 보더니, 이상한 짓 하 지 말고 자습하라고 소리쳤다. 입술이 크고 두툼해서 그런지 선생님 목소리에 교실이 흔들렸다. 선생님은 안짱다리로 어기 적어기적 들어와서 칠판을 보았다. 그와 동시에 어깨에 걸쳐 있 던 죽도로 교탁을 내리쳤다. 교실이 조용해졌다. 선생님은 반장을 불러서 칠판에 새겨진 하얀 메아리를 지우게 하였다. 다시 한 번만 이런 짓을 하면 단체 벌을 주겠다고 으름장을 놓았다.

선생님이 사라지자, 체육대회 때 전교생이 밀고 나갔어야 한다고 누군가 말했다. 여기저기서 그랬어야 한다고 동조했다.

지난주 금요일에 체육대회가 열렸다. 체육대회가 끝나자 3학년들은 운동장에서 캠프파이어를 하고 놀았다. 그들은 대중가요를 부르면서 신나게 운동장을 돌다가, 갑자기 계엄령 철폐하라는 구호를 외치면서 교문을 빠져나갔다.

그들이 큰길가에서 방향을 돌려 학교로 돌아오자, 선생님들은 안도했지만 운동장에 남아 있던 학생들은 아쉬워했다.

● ● ●

담임 선생님이 슬리퍼 끄는 소리와 함께 들어왔다. 선생님은 길쭉한 얼굴을 한 번 쓱 문지른다. 처음 봤을 때부터 선생님 눈빛은 지쳐 보였다. 선생님이라는 자부심은 물론이요, 의욕 따위는 찾아볼 수 없었다. 이제 오십을 넘겼다고 하는데 훨씬 늙어 보였다. 그중에서도 특히 입은 벌써 수명을 다한 것 같아서,

간신히 아이들 귀에 걸칠 정도로 목소리에 힘이 없었다. 그때마다 민수는 선생님 발이 입 대신 말을 해 준다면 얼마나 좋을까 하고 생각했다. 선생님 발이 슬리퍼를 끄는 소리는 거칠면서도 묘한 리듬을 타서 훨씬 힘차게 느껴졌다.

"오늘은 단축수업을 실시한다. 지금 시내 중심가에서 대학생들 시위가 격화되고 있고, 계엄군 진압도 거칠어지는 모양이다. 사상자도 많이 나고……, 그러니까 시내 중심가에 사는 사람은 조심해서 가라. 절대 시위대에 가담하면 안 된다."

선생님이 나가자, 교실에서는 함성이 울려 퍼졌다. 이유야 어찌 되었건 교실에서 일찍 풀려난다는 것만큼 학생들에게 좋은 일은 없었다.

학생들이 우르르 달려 나간다.

전교생이 운동장 가득 출렁거린다. 교문 앞에 교장 선생님까지 나와서 손을 흔들고, 손을 잡아주면서 학생들을 배웅했다. 이 학교가 태어난 뒤로, 그런 일은 처음이다.

늘 이런 시간이라면 얼마나 좋을까, 비정상적인 상황이 오히려 학교를 정상으로 만들어 놓았다고나 할까. 교문이란 학생들을 맞이하고 보내는 곳인데, 늘 선도부와 학생주임 선생님이 사납게 으르렁거리면서 학생들을 검문하는 곳이니, 그런 따뜻한 풍경이란 상상조차 할 수 없었다. 머리가 조금 길다고, 거수경례를 제대로 못 한다고, 가방을 똑바로 들지 않았다고, 걸음걸이를 제대로 하지 않았다고, 모자를 제대로 쓰지 않았다고, 교복 단추를 다 채우지 않았다고, 신발을 구겨 신었다고, 심지어 얼굴을 찡그리고 온다고, 그렇게 온갖 꼬투리를 잡아서 학생들을 처벌했다. 그러니 오늘은 또 무슨 지적을 당할까. 그렇게 가슴을 움츠리면서 조심조심 통과하는 곳이다.

교문 앞에서 짝꿍이 민수를 돌아보았다.

"몸조심해라!"

이상하게도 울림이 느껴진다.

민수도 어색하게 손을 흔들어 주었다.

"어, 너도 몸조심 해."

끝내 그 이름을 불러 주지 못했다. 앞으로도 선주선, 뒤로도 선주선이라고 처음 만났을 때 소개하던 목소리가 귀에서 윙윙거린다.

짝꿍네 집은 시내 한복판이니까, 먼저 그에게 조심하라고 따뜻하게 말해 줬다면 얼마나 위로가 되었을까.

소염진통제 안티푸라민

민수는 집으로 오다가 버스 종점에서 호동이 작은어머니하고
마주쳤다.

아직 돌도 안 지난 아기를 업은 작은어머니는 민수를 보자마
자 한숨부터 내뱉었다. 큰 키에 얼굴이 복성스러운 작은어머니
는 표정 변화가 심한 사람이 아니다. 목소리는 고요하고, 민수
랑 호동이한테도 최대한 말을 아끼면서 간섭하지 않는 성품이
다. 그런 사람이 뭔가 흐트러진 눈빛으로 "왜 안 올까, 왜 안 올
까?" 하고 불안하게 더듬거린다.

"오겠죠. 걱정 마세요."

민수가 일부러 힘주어 말하자, 시래가 왼쪽 덧니를 드러내면서 웃는다. 고맙다는 뜻이다. 그러다가 다시 한숨을 토해 낸다.

"아무래도 찾으러 가 봐야겠어. 오죽했으면 오늘 학교가 죄다 단축수업 했겠냐? 그만큼 위험하니까, 그런 것 아니겠냐?"

민수는 불안 때문에 초점을 잃은 시래의 눈빛을 보는 순간 그냥 집에 갈 수 없었다. 민수가 같이 가겠다고 하자, 시래가 슈퍼에 가서 우유를 사 왔다. 딸기우유가 아니라서 아쉽기는 해도 민수는 고맙게 받아서 마셨다. 그런 다음 늘 가지고 다니던 멀미약을 먹었다.

호동이 학교 근처로 가는 버스는 텅 비어 있다.

짧은 스포츠형 머리에다 구레나룻이 무성한 운전사가 어디가냐고 물었다. 호동이 작은어머니가 애써 웃으면서 대답하는 순간, 운전사는 버스 걸음을 늦추면서 시내 상황이 심각하여 노선을 따라가지 않는다고 목소리를 높인다.

"그럼, 근처까지만 갈게요."

"허 참, 이 난리 통에 애기까지 업고……. 그냥 내리쑈!"

호동이 작은어머니는 동요하지 않고 애써 웃는다.

"아, 어서 내리란 말요! 이 버스는 그쪽으로 가지 않습니다!"

버스는 정류장에 섰다. 그제야 작은어머니는 미적미적 내린다. 차에서 내리자마자 등에 있는 아기를 가슴으로 안았다. 엄마랑 판박이다. 이럴 때마다 민수는 사람도 결국은 씨앗이라는 생각이 든다. 얼핏 다른 듯해도 어미와 아비와 자식은 자세히 보면 다 닮았다. 씨앗처럼 똑같다.

어디선가 바람을 타고 매캐한 최루가스가 날아와서 코를 자극했다. 작은어머니는 당황하다가 여전히 웃는 아기를 보고 덩달아 웃었다. 그런 아기를 볼 때마다 민수는 괜히 미안해진다. 손으로 코를 막을 때마다, 옷소매로 코를 가릴 때마다 괜히 아기 눈치가 보였다. 놀랍게도 아기는 그런 공기를 들이마시면서도 웃는다. 천성이 순해서, 독한 공기마저도 순해지는 모양이다.

호동이 작은어머니는 도로를 두 번이나 건너서 다른 버스 정류장으로 갔다. 그곳에서 만난 50대 후반으로 보이는 아주머니에게 호동이 학교 근처로 가는 버스노선을 물었다. 틀림없이 왕눈이라는 별명이 붙었을 것 같은 아주머니는 고개부터 흔들더니, 지금은 그쪽으로 가는 버스가 한 대도 없다고 말했다. 그렇게 말하는 아주머니 얼굴에서 경련이 일었다. 설령 버스가 간다고 해도 그쪽으로는 가면 안 된다고 입에다 힘을 주었다. 지금 그곳에서 실려 오는 부상자들 때문에 병원이란 병원이 다 마비될 정도라면서, 그곳으로 가면 살아서 나올 수 없다는 말도 덧붙였다. 그래도 그 아주머니는 포기하지 않았다.

이윽고 호동이 학교 쪽으로 가는 버스 한 대가 멈추어 섰다. 호동이 작은어머니는 운전사를 보고 그쪽으로 가냐고 물었다. 노란 테 안경을 쓴 나이 든 운전사는 어이가 없다고 헛웃음을 뿌렸다.

"애기 엄마, 그쪽은 전쟁텁니다. 지옥도 지옥도 그런 지옥은 없을 것이오. 뭔 일인지는 몰라도, 애기를 생각해서라도 가시면 안 됩니다!"

운전사는 뭔가 다짐을 받듯이 한동안 호동이 작은어머니를 쳐다보다가 고개를 돌렸다. 그제야 작은어머니도 현실을 수긍하고는 민수한테 돌아가자고 혼잣말에 가깝게 읊조린다. 집으로 가는 버스 안에서도 한마디 말이 없다.

종점에서 내린 뒤에는 굳게 입술을 다물고 앞장서서 걸어간다. 그럴 때 걸음걸이는 영락없이 호동이랑 똑같다. 호동이랑 피한 방울 섞이지 않았을 텐데, 저토록 닮았다는 사실이 믿어지지 않는다. 이런 절박한 상황이 두 사람을 닮게 했는지도 모른다.

    • • •

호동이 작은아버지가 헛기침하면서 들어왔다.

"호동이 아직도 안 들어왔어?"

작은어머니는 벌떡 일어나서 낚아채듯 남편 손을 잡았다.

"시내에 있는 병원에 가 봐야 하는 거 아녜요?"

순간 작은아버지 얼굴이 굳어진다. 눈을 감았다 뜬 작은아버지는 마른침을 몇 번 삼키고는, 느릿느릿한 말투로 그런 생각은 하지 말자고 황급히 눈을 돌린다. 큰 키에다 늘 웃는 상이라서 유독 사람이 좋아 보이던 얼굴이 어두워지자, 민수는 더럭 겁이 나면서 슬그머니 방을 나와 버렸다.

밖은 캄캄하다.

민수가 사는 집은 2층이다. 민수는 답답할 때마다 아래층으로 통하는 계단에 앉아 있는 게 버릇이다. 오늘도 그곳에 앉는다. 멍하니 눈을 감고 라디오를 틀었다. 음악 소리를 듣자 마음이 평온해진다.

1시간쯤 지났을까. 삐익, 아래층 대문 열리는 소리가 났다.

"호동아!"

그 목소리가 어찌나 컸던지, 금세 작은어머니가 뛰어나온다. 계단을 올라오던 호동이는 이런 상황을 인지하지 못하고는 눈만 끔벅끔벅 움직였다. 뒤늦게 나온 작은아버지 입에서 호통 벼락이 쏟아졌다.

"너 이놈, 어딜 갔다가 이제 오냐! 늦게 오면, 늦게 온다고 전화라도 해야 할 것 아니냐? 지금 너 때문에 식구들이 애가 타고……. 민수야, 몽둥이 하나 구해 오너라! 내 이놈의 자식을……."

민수는 멍하니 서 있다. 작은아버지가 다시금 소리친다.

"민수야, 어서 몽둥이 구해 오라니까!"

민수는 작은어머니에게 어떻게 하느냐고 눈으로 물었다. 아무런 대답이 없다. 민수가 아래층으로 내려가서 나무토막을 들고 오니까, 그제야 작은어머니가 말렸다.

"여보, 참아요. 무사히 왔으니까, 무사하니까, 그럼 된 거요. 그니까, 참아요!"

작은아버지는 끝내 아내를 물리치고는 어린 조카를 끌고 안방으로 끌고 갔다.

"넌 중학생이여! 그것도 2학년! 근디 이런 난리 통에 전화 한

통도 안 하고, 어디에 처박혀 있다가 이제 들어오냐? 작은엄마랑 작은아빠가 시내 병원 영안실을 뒤질 생각까지 했단 말이여, 이놈의 새끼야!"

호동이는 잘못했다고 크게 울음을 터트린다. 그래도 작은아버지 분노가 누그러지지 않았다. 그는 한 인간으로서, 그리고 어른으로서 자제력을 완전히 상실한 상태였다. 그만큼 이 사태가 엄중하다는 뜻이다. 아무리 아내가 뜯어말려도, 그의 성난 몽둥이를 멈추게 할 수 없었다.

민수는 괜히 미안해졌다. 융통성 없이 몽둥이를 가져다준 것도 그렇고, 울부짖는 호동이 비명 소리에도 미안하고, 제발 그만 하라고 소리 지르는 작은어머니 눈빛에도 미안하고, 덩달아 울어 대는 아기한테도 그렇고……. 모든 소리를 씹어 삼키면서 어린 조카에게 매질하는 작은아버지의 손에게도.

• • •

호동이 작은아버지는 따로 민수를 밖으로 불러내더니 미안하다는 눈빛을 보냈다.

"민수야, 진짜 무슨 일이 일어난 줄 알았다. 그래서 호동이 작은엄마가 병원에 가 봐야 하는 거 아니냐고 할 때, 무서워서 진짜 저놈이 잘못됐을까 봐 무서워서 갈 수 없었어."

"저도 그 맘 알아요."

"민수야, 고맙다. 오늘은 다락에서 자지 말고 호동이랑 같이 자그라. 니가 형이니까, 동생을 잘 달래 주고 위로해 줘라."

원래 그 집은 상황에 따라서 방을 쪼갤 수 있도록 설계되었다. 다만 한쪽이 3분의 2를 차지하고 나면 남은 곳은 3분의 1뿐이니까, 태생적으로 불공평한 비율이다. 큰 쪽은 집주인 내외 영토이고, 작은 쪽은 더부살이하는 자의 공간이다. 방과 방 사이 경계란 미닫이문뿐이라서, 양쪽 숨소리까지도 마구 넘나들었다. 게다가 호동이 방은 둘이 누우면 서로 살과 살이 부대낀다. 민수는 그런 핑계로 다락방을 자기 거처로 선택했지만, 그곳에는 전기가 들어오지 않아서 잠자리로만 이용할 수밖에 없었다.

민수는 어쩔 수 없이 호동이 옆에 누웠다. 그때까지도 호동이는 훌쩍였다. 안방에서는 작은아버지가 고단하게 코를 골았다. 오늘따라 코 고는 소리가 고맙다. 코 고는 소리가 다른 모든 소리를 다 제압해 주어서 오히려 편안하게 뒤척이면서 중얼거릴 수도 있었다. 호동이는 민수 다리가 종아리에 닿기만 해도 아프다고 깜짝깜짝 놀라면서 온몸을 비틀었다. 순간 민수는 안티푸라민을 떠올렸다. 어머니가 상비약으로 챙겨 준 것이다.

호동이가 바지를 벗고 이불 위로 엎어졌다. 종아리에는 붉고 푸른 피멍이 헤아릴 수 없을 만큼 겹겹이 쌓여 있다. 민수가 안티푸라민을 바를 때마다 호동이는 두 다리를 바르르 떨었다. 그때마다 안티푸라민 냄새는 더 강해진다. 소염진통제라는 약이 호동이 아픔을 대신 전해 주었다. 약을 다 바르고 나자, 그제야 호동이에 대한 미안함이 조금 가라앉는다.

"형, 난 바본가 봐. 왜 식구들이 걱정할 거라는 생각을 못 했을까? 학교 앞 버스 정류장 쪽으로 가고 있었는데, 계엄군들이 막 뛰어오는 거야. 대체 왜 그러는지 알 수가 없었어. 우리는 아무 짓도 하지 않았거든. 계엄군을 욕한 것도 아니고, 시위를 한 것도 아니고, 그냥 버스를 기다리고 있었을 뿐이야. 막 소리치면서, 곤봉을 휘두르면서 달려오는 걸 보면 진짜 무서워. 어떤 할아버지가 어서 달아나라고 소리쳤고, 우린 우르르 뛰기 시작했지. 한참 뛰다 보니까, 한 친구가 자기네 집으로 가자고 해서 세 명이 따라간 거야. 친구네 집은 부모님은 다 일 나가고, 형은 학교에 가서 비어 있었어. 밖에서 총소리도 났어. 친구네 집 대문 근처인 것 같았어. 형, 그렇게 가까이서 울리는 총소리를 첨 들었는데, 와아 진짜 고막이 마비되는 것 같고, 온몸이 굳어 버렸어. 우린 문을 걸어 잠그고, 죽은 듯이 있었어. 친구네 집은 전화도 없으니까 어디 연락할 수도 없었어. 밖이 조용해져서 가려고 하자, 친구가 무섭다면서 자기 형이 올 때까지 같이 있어 달라고 하니……. 그래서 이렇게 된 거야."

민수는 충분히 이해할 수 있다고 호동이 등을 토닥여 주었다.

고맙다는 뜻인지, 호동이가 민수 손을 꽉 잡았다. 민수는 그런 호동이 손이 부담스러우면서도 애써 참았다.

안방에서 아기가 보챈다. 작은어머니는 옆방을 의식하고 최대한 낮은 소리로 아기를 달래면서, 주술이 섞인 자장가를 되풀이했다.

이럴 때마다 자꾸 침이 고인다. 민수는 꼴깍꼴깍 침을 삼키면서, 호동이가 들려준 이야기를 상상하지 않으려고 자꾸만 뒤척였다. 그럴수록 상상은 빠르게 세포분열 했다. 호동이도 코를 골았다. 민수는 벽 쪽으로 몸을 돌리면서 자꾸만 무섭게 번져

오는 상상을 떨치려고 애를 쓴다. 이럴 때는 다른 상상을 해야한다.

　민수는 박찬희 선수를 떠올린다. 링에 오른 상대는 눈에서파란 불이 나오고, 군화를 신은 군인이다. 코너에 있는 군인 선수 매니저는 얼룩무늬 군복에다 공수부대 베레모를 쓰고 있다.군인 선수는 일방적으로 박찬희 선수를 몰아붙인다. 코에서 피가 흐른다. 링닥터가 힘들다고 하면서 경기를 중단시키려고 했다. 박찬희 선수가 하겠다는 의지를 드러냈다. 의사가 걱정스러운 눈빛으로 지혈시켰다. 심판에게 뭐라고 속삭였다. 다시 시합이 진행되었다. 상대는 이 기회를 놓치지 않겠다고 밀어붙였다."원투, 원투, 레프트 라이트 훅!" 소나기 펀치가 날아왔다. 그때마다 총소리가 들렸다. 아, 안 되겠다! 다운이다. 주저앉았다.코너에서 매니저가 포기하라고 손짓했다. 심판이 카운터를 센다. "쎄븐, 에잇, 나인……" 박찬희 선수가 일어섰다. 다시 시합이 진행되었다. 상대가 비릿하게 웃었다. 이번에야말로 끝장을보겠다는 기세로 주먹을 휘둘렀다. 박찬희 선수는 살짝 피하면서, 짧은 라이트 훅을 상대의 턱에다 명중시켰다.

아, 다운입니다. 군인 선수, 강력한 훅을 맞고 앞으로 그대로 쓰러진 채 일어나지 못하고 있습니다. 심판이 카운터를 셉니다. 원, 투, 쓰리…….

민수는 그런 상상을 하다가 스르르 잠이 들었다.

4
계엄군 앞으로 지나가던 택시

밖에서 어머니 목소리가 들린다.

민수는 눈을 뜨면서도 꿈이라고 생각하다가, 다시 어머니 목소리가 들리자 벌떡 일어났다. 방문을 열자. 호동이 작은어머니가 어머니 손을 잡고 있다.

민수는 어머니를 보면서도 꿈이라고 믿고 싶다. 고향에서 여기까지는 백 리 길이다. 그러니 이런 어슴새벽에 어머니가 여기까지 온다는 것은 불가능한 일이다.

호동이가 유독 반갑게 어머니한테 인사했다.

그래도 민수는 멍하니 서 있다.

"아이고, 어떻게 오긴! 택시 타고 왔제. 지금 그까짓 돈이 문젠가? 하도 험악한 소문이 가슴을 볶아 대서……, 육이오 때도 그랬어. 내가 열여섯 살에 전쟁을 겪었어. 그때 부자들은 인민군이 밀려든다는 소문을 듣자마자 다들 피난길에 올랐제만, 가난한 사람들이야 '우리는 가진 것도 없는디 무슨 탈이 있겠어?' 하면서 집에 그냥 눌러 않은 경우가 많았제. 그러다가 죄다 변을 당했제. 자기들 편들지 않는다고 죽이고, 상대방 편들었다고 죽이고, 자수해도 죽이고, 숨어 있다가 잡혀도 죽이고, 이래도 죽고, 저래도 죽고……. 그것이 전쟁의 법칙 아닌가. 그래도 나는 인민군이 내려온다는 소문을 듣자마자 피난 가서 살았다네."

어머니는 얼마나 급하게 올라왔는지 옷차림조차 논밭에서 굴러다니던 모습 그대로다. 그래도 민수를 보살펴 주는 호동이 작은어머니를 생각하고는 아껴 둔 참기름 한 병을 급하게 챙겨 왔다. 어머니는 그것을 내밀고는 민수한테 어서 가자고 다그친다.

· · ·

어머니는 민수가 열한 살 때 남편을 다른 세상으로 보냈고, 그 뒤로는 오직 당신 판단만으로 생을 조율해 왔다. 그래선지 한 번 선택하면 어떤 일이 있더라도 물러나는 법이 없었다.

민수는 종종 어머니를 말뚝에 비유했다. 한 번 아프게 생흙 속에 박히면 썩어서 뼈가 물러질 때까지 뽑히지 않는 말뚝.

이슬비가 내린다. 어머니와 아들은 우산도 없이 걸어간다. 이 정도 비는 오히려 몸에 이롭다는 듯이 둘 다 비를 반기는 눈빛이다.

민수는 골목 갈림길에서 잠깐 고민하다가 어머니를 보고는 곧장 질러간다.

S대학 정문에서는 계엄군들이 이글이글 노려보고 있다.

어머니는 힐끗 곁눈질하고는 입술에다 힘을 주면서 거침없이 걸어간다.

왠지 든든하다. 민수는 계엄군들이 두려우면서도, 어머니를 보는 순간 안심이 되었다. 당당해졌다. 어머니가 있는 한, 그들이 해코지하지 못할 것이다. 민수와 계엄군들 사이에는 어머니라는 경계가 있다. 그들은 결코 그곳을 넘보지 못할 것이다. 그런 믿음이 점점 강해졌다. 민수는 가슴이 두근거릴수록 어머니 손을 꼭 잡았다.

막 계엄군을 앞을 지나칠 찰나였다.

"정지! 정지! 정지이!"

계엄군 목소리가 허공을 흔들었다. 어머니랑 민수는 깜짝 놀랐다. 순간 택시 한 대가 민수 옆으로 지나갔다. 계엄군들이 택시를 향해 소리치면서 뛰어간다. 택시는 사오십 미터쯤 가다가 멈췄다. 순간 민수의 다리가 풀렸다.

어느새 계엄군들이 택시로 돌진했다. 한 명이 택시 앞으로 뛰어오르면서 곤봉으로 유리창을 내리쳤고, 또 한 명은 뒷유리를 총 개머리판으로 가격했다.

놀란 택시 운전사가 문을 열고 나왔다. 나이가 지긋한 운전사다.

"개새끼, 정지하라니까 왜 정지 안 했어?"

"못 들었소!"

뒤쪽에서 개머리판이 택시 운전사 목을 타격했다.

"아이고!"

늙은 운전사가 앞으로 쓰러지면서 굴렀다. 빈 병처럼.

"오매 오매에!"

어머니 얼굴은 두려움과 혼란으로 심하게 일그러진다.

승객도 끌려 나왔다.

"오매에, 오매 오매에, 으째야 쓰까!"

검은 양복 차림 승객은 대학생이 아니고 공무원이라는 말을 하다가 쓰러졌다. 계엄군들이 곤봉과 개머리판으로 승객을 무차별하게 가격했다.

민수는 두 손으로 눈을 가렸다. 무섭다. 계엄군이 되면 다 저렇게 되는 걸까. 어떤 분노를 씹어먹어야만 저런 눈빛을 품을 수 있을까. 대체 이런 상황을 어떻게 받아들여야 할까.

"오매, 오매에. 환장하겠구먼!"

어머니가 민수를 끌어당긴다. 민수도 감당할 수 없는 어마어마한 힘이다. 아마도 어머니가 없었다면 그 자리에서 한 걸음도 움직이지 못했을 것이다. 그렇게 굳어 버렸을 것이다. 그러고는 겨울의 마지막 눈사람처럼 흐물흐물 녹아 버렸을 것이다.

"오매, 오매에, 내가 자식 잡아먹겠네. 오매, 오매에, 이런 염병할 놈의 세상이 있단가! 내가 정신 차려야지, 내가 지금 미쳤다냐? 자식 잡아먹고 싶어서 미쳤다냐!"

어머니는 민수를 안전하게 골목 안으로 밀어 넣고 나서야 털썩 주저앉는다.

"오매, 오매에에, 저런 썩어디질 놈들! 아니, 왜 다짜고짜 사람을 그렇게 패냔 말여! 난 니가 고등학생이라서 괜찮을 것이라고 생각했다만……, 아이고오!"

어머니는 아들이 더부살이하는 집으로 퇴각하여, 호동이 작은어머니를 보고도 그런 말을 몇 번이나 타령조로 뱉어 냈다. 작은어머니는 어머니 결정이 현명한 것이라고 몇 번이나 두둔해 주었다. 아무리 교련복을 입었어도, 민수는 키가 커서 계엄군들 눈에 띄면 위험하다고.

어머니도 끄덕끄덕 수긍했다. 어젯밤 꿈에 남편이 나와서 아들 손을 잡고 징검다리를 건너갔다. 어디 가냐고 물어도 대답이 없었다. 어머니는 그것을 불길한 징조라고 받아들였다. 그래서 눈을 뜨자마자 택시를 불러서 광주까지 달려온 것이라면서.

민수도 정신이 멍했다. 계엄군 만행을 직접 눈으로 확인했다. 택시에 탄 사람들은 아무 짓도 하지 않았다. 계엄군이 물러가라고 소리치지도 않았고, 손에는 아무것도 들고 있지 않았다.

운전사는 늙은 할아버지였다. 승객은 30대 후반이나 40대 초반으로 보였다. 그 사람들이 폭도란 말인가. 계엄군은 굶주린 맹수처럼 그들에게 달려들었다. 아, 더 이상 상상하기도 싫다.

호동이가 옆에서 형은 운이 좋았던 거라고 속삭이자 아찔해지면서 온몸이 굳어졌다. 만약 그 택시가 아니었다면 형이 무사하지 못했을 것이라고. 민수는 귀가 멍해졌다. 진짜 그 사람들 때문에 어머니랑 민수가 살아난 것일까.

· · ·

호동이 작은어머니가 학교랑 통화했다면서 그들을 불렀다.

"호동이는 집에서 자습해라. 학교에서 그렇게 말했어. 민수는 등교해야 할 것 같다. 학교가 시 외곽이라 정상 등교한단다."

다만 집을 나서기에 주변 환경이 너무 위험하다고 판단되면 부모님이 알아서 등교시키지 않아도 된다고 했다면서, 최종 선택을 민수가 알아서 하라고 했다.

어떻게 할 것인가. 민수는 벽시계를 보면서 계속 갈등했다. 호동이는 학교 가지 말고 같이 놀자고 했다. 민수도 그러고 싶다. 순간 짝꿍이 떠올랐다. 오늘은 먼저 짝꿍한테 별일 없었냐고 묻고 싶다. 만약 어제처럼 아이들이 녹색 광장으로 나가서 화살표를 앞세우고 자기 의견을 말한다면, 민수도 용기를 내어 어머니랑 같이 본 풍경을 하얀 목소리로 떠벌리고 싶었다. 그 사람들이 아니었으면 어머니랑 내가 계엄군에게 당했을지도 모른다고. 그래서 집을 나섰다.

교실에는 빈자리가 제법 눈에 띄었다. 짝꿍 자리도 비어 있다. 괜찮은걸까. 민수는 새삼 걱정이 되었다. 짝꿍 전화번호도 모른다. 그런 무심함을 타박하고 싶다. 누군가에게 짝꿍 전화번호를 묻고 싶다.

수업 시간이 지나도 선생님은 들어오지 않는다. 반에서 가장 체구가 큰 반장이 우렁우렁한 목소리로 자습하라는 말만 되풀이할 뿐이다.

10시쯤 누군가 교실 앞문을 두들겼다. 반장이 나가서 문을 열자, 오래된 시간 속에서 걸어 나온 것처럼 턱수염이 긴 할아버지가 얼굴을 내밀었다. 창가에 있는 분단 가운데쯤에서 유독 여드름이 많은 아이가 일어났다. 그도 유령 같은 존재다. 아직까지 민수는 그에게 말을 걸어 본 적이 없다.

"성민아, 어서 나오그라. 집에 가자! 지금 시내 상황이 너무 안 좋아서……."

안성민. 그제야 이름이 떠오른다. 성민이가 반장을 보면서 망설였다. 할아버지는 다른 학생들에게도 다들 집에 가라고 손짓했다. 아직까지 아무런 말이 없는 선생님들보다 할아버지가 더 현명해 보였다.

성민이는 한참을 망설이다가 할아버지를 따라서 나갔다.

"뭐가 뭔지 모르겠지만, 다들 몸조심해라."

몸조심하라는 말이 뭉클하면서도 자꾸만 아프게 가슴을 찔렀다.

성민이가 나가자 선생님이 들어왔다. 반장 말을 들은 선생님은 아무런 반응을 보이지 않았다. 선생님이 무슨 말을 하려고 하자 다시 누군가 문을 두드렸다.

반장 어머니였다. 반장하고 달리 체구가 작은 어머니는 선생님을 보고 몇 번이나 죄송하다고 고개를 숙인다. 반장이 왜 왔냐고 짜증 섞인 말을 뱉어 냈다. 선생님이 반장에게 무례하다고 눈짓을 하고는 가방을 싸라고 했다. 반장이 괜찮다고 고개를 흔들었다.

"어서 가자! 집 근처에서 계엄군이 총을 쏘고, 집을 수색하고 있응께, 할머니 댁으로 갈 거시어. 할머니가 당장 너를 데리고 오라고 했시야. 가지 않으면 당장 달려오실 것이다."

그제야 반장이 모두에게 미안하다고 하면서 일어났다. 왜 미안해야 하는지 민수는 모르겠다. 반장도 몸조심하라는 말을 학생들에게 남겼다.

남겨진 자들의 눈빛은 더욱 불안해졌다. 선생님은 몇 마디 말을 하다가 얼굴을 찌푸리며 돌아섰다. 모든 선생님들은 지금 바로 교무실로 와 달라는 교내 방송이 울렸다. 선생님은 자습하고 있으라는 말을 남기고 교실을 나갔다.

아이들은 더욱 불만에 찬 목소리로 선생님들을 성토했다. 먼저 간 아이들은 뭐고, 남은 아이들은 뭐냐고 하면서.

그때 다시 누군가 문을 두드렸다. 교실 문을 열고 40대 아저씨가 얼굴을 내밀자, 부반장이 조금도 망설이지 않고 일어섰다. 부반장도 미안하다는 말을 남겼다.

그 뒤로도 다섯 명이나 빠져나갔다. 뭔가에 당첨되어 나가는 듯, 손을 흔들면서도 미안하다는 말은 꼭 남기면서.

    • • •

　민수는 은연중에 어머니를 떠올렸다. 어머니는 버스 종점까지만 배웅하겠다고 한 민수 눈빛을 끝내 꺾어 버리고는, 혹시 집을 나설 일이 생기면 계엄군이 있는지 잘 살펴봐야 한다는 말을 귀가 아프도록 되풀이하였다. 학교에 가지 않으면 방에서 나오지 말라는 말도 덧붙였다. 괜히 옥상에 나갔다가 계엄군이 쏜 총에 맞을 수도 있다고 하면서, 이럴 때는 스스로 몸을 지켜야 한다고 비장하게 쏘아보았다.

　그런 생각을 하면서 누군가 교실 문을 두들길 때마다 호동이 작은어머니가 은근히 기다려졌다. 어머니가 없는 이곳에서는 작은어머니가 민수 보호자니까. 이럴 때 아기를 업고 눈앞에 나타난다면, 아 그렇다면 눈물 날 것 같다.

　물론 그런 기적은 일어나지 않았다.

　몇몇 아이들이 더 교실을 빠져나갔다.

　반장도 부반장도 사라져 버린 교실은 오히려 더 조용했다. 그런 고요가 아이들을 더 불안하게 긴장시킨다.

　갑자기 벽에 걸린 스피커에서 교장 선생님 목소리가 흘러나온다.

"아아, 전교생에게 알립니다. 5월 20일 현재 시내에서는 시위가 격화되고, 계엄군들 진압으로 많은 사상자가 발생하고 있어서 정상적인 수업을 할 수가 없습니다. 그래서 휴교할 수밖에 없으니……."

휴교라는 말에 아이들은 놀라고 당혹스러워했다.

교장 선생님은 학교에서 등교하라는 연락이 갈 때까지 집에서 차분하게 자습하라는 말로 끝맺었다.

다시 교실에 나타난 선생님이 시내 중심가에 사는 학생들을 불렀다. 그런 다음 학교 근처에서 살거나 자취하는 학생들도 손을 들어 보라고 하였다.

"시내 중심가 쪽에 사는 학생들은 부모님이 오실 때까지 교실에서 기다리던가 아니면 근처에 사는 친구들 집에 가 있어라."

선생님은 민수에게도, 누군가 한 사람이라도 데리고 가라고 했다. 민수는 고개를 흔들어 댔다. 친구를 데리고 갈 만한 상황이 아니라고 말했다. 선생님은 그 속내를 알 수 없는 눈빛으로, 알았다고 대답하고는 다른 학생을 쳐다보았다.

교문 앞에는 부랴부랴 달려온 부모들로 북새통이다.

민수는 부질없다는 것을 알면서도 자꾸만 고개를 두리번거렸다. 호동이 작은어머니가 손을 흔드는 상상을 하다 보니 괜히 더 씁쓸해진다.

5
인간 사냥꾼

시래가 왔다. 민수는 라면으로 점심을 땜질하고, 호동이랑 장기판에 몰입하던 참이었다. 호동이 작은어머니가 시래를 반갑게 맞이했다.

"언니, 고속버스가 운행하지 않아 계속 쉬고 있어요."

"아가씨, 잘된 일이네요. 이럴 땐 집에 있는 게 제일 나아요."

시래는 호동이 작은아버지를 찾다가 깊은 한숨을 토해 냈다.

"오늘도 출근했다고요? 하여튼 오빠가 착해서 그래요. 이런 날은 회사에서 나오라고 해도 나가지 말아야지."

시래는 호동이네하고 가까운 친척이었다.

작은어머니가 준 오렌지 주스를 마신 시래는 민수를 보면서 무채를 걱정했다. 시래 눈빛이 유독 어둡다.

"민수야, 무채네 집에 가볼까?"

순간 민수는 멍해지면서 방 안에 있는 사람들을 훑어보았다. 호동이가 눈을 동그랗게 뜨고 걱정스러운 눈빛을 지었다.

"무채 형네 집에 가려면 시내 중심을 통과해야 하잖아? 시내버스도 안 가는데 어떻게 가?"

작은어머니도 어제 기억을 들려주면서 절대 불가능한 일이라고 고개를 흔들었다.

"언니, 걱정 마세요. 이런 상황에서 어떻게 시내 중심으로 갈 수가 있겠어요? 거기가 전쟁터라는 거 다 아는데요. 시간이 걸리더라도 시 외곽으로 돌아갈게요. 자전거 타고 가니까 괜찮을 거예요. 자전거 가져왔거든요."

자전거와 자동차는 얼마나 다를까. 순간적으로 민수는 문명의 상징인 자동차와 자전거를 떠올렸다. 한쪽은 두 바퀴로 가고, 한쪽은 네 바퀴로 굴러간다. 한쪽은 인간 근육이 동력을 전달하고, 한쪽은 기계심장에서 뿜어 내는 힘으로 달린다. 한쪽은 느리고, 한쪽은 빠르다. 한쪽은 하나 아니면 둘밖에 탈 수 없고, 한쪽은 수십 혹은 그보다 더 많이 탈 수도 있다.

호동이 작은어머니도 자전거라는 말에 안도하는 눈빛이다.

"주로 큰 도로에서 계엄군이랑 시민들이 충돌하고 있으니까, 가다가 막히면 좁은 길로 가세요. 자전거는 사람이 다니는 길이면 다 갈 수 있으니까요."

아, 그런 뜻이었구나! 민수도 속으로 고개를 끄덕인다.

• • •

자전거를 보자 민수는 괜히 신난다. 초등학교 6학년 때부터 자전거를 타고 학교에 다녔으니까, 라디오만큼이나 그놈이랑 친하다. 시래가 짐받이에 옆으로 걸터앉아 민수 허리를 꼭 끌어안았다.

"내가 보기보다는 몸무게가 많이 나간다. 힘들면 말해라. 걸어갈 테니까!"

민수는 씩 웃었다. 걱정 말라는 뜻이다. 어느새 민수 발이 페달에다 힘을 전달하면서 자전거 두 바퀴가 골목길을 풀어나간다.

시래는 최대한 안전하게 가자는 말을 몇 번이나 되풀이했다. 자전거가 지나갈 수 없을 정도로 좁은 골목을 지나고, 달려온 길을 되돌아가기도 하고, 가끔은 길을 잃고 헤매기도 했다. 그렇게 두 시간 정도 달렸을까.

어디선가 총소리가 울린다. 민수는 그렇게 표현했다.

어디선가 총소리가 들린다. 시래는 그렇게 표현했다.

"누나, 총소리는 들리는 게 아니라 울리는 거야. 들리는 건 귀에서 금방 사라지지만, 울리는 것은 쉽게 사라지지 않고 뼛속에 남아 있어. 들리는 건 그냥 공중으로 타고 오지만, 울리는 건 땅을 흔들면서 와. 총소리는 그래."

민수는 총소리를 잘 안다. 경기도 파주에서 살 때는 밤마다 총소리를 귀에 담지 않고서는 잠이 허락되지 않았다.

총알은 길쭉한 도토리만 하다. 그 작은 것이 천둥소리를 낸다. 그 소리는 인간의 귓속처럼 좁은 곳으로 파고드는 습성이 있다. 파고들고 또 파고들어 끝장을 본 다음에야, 그 소리는 조용히 스러진다.

총소리가 연달아 울린다. 그 도토리만 한 것이, 저 거대한 건축물과 땅을 너무도 쉽게 흔들어 댔다.

"어라! 네 말 듣고 보니 그러네! 근데 넌 그걸 어떻게 아냐? 군대 갔다 온 것도 아닌데."

시래는 총소리가 울릴 때마다 깜박깜박 애써 민수를 쳐다본다.

민수는 그 도토리만 한 총알을 생각하면서 자꾸만 귓구멍을 손가락으로 후볐다.

"누나, 난 경기도 파주에서 살았잖아?"

"아, 그렇지. 맞아 맞아. 너희 집 이사 오고, 그해 너희 아버지가 돌아가셨어. 그때 너무 마음이 아팠어. 상여 앞에서 영정 사진 들고 가는 널 보는데, 마을 사람들이 너 때문에 엄청 울었어. 그 기억이 난다. 괜히 이런 말을 하나 보다."

민수는 괜찮다고 하면서 더욱 자전거 속력을 올렸다.

"밤만 되면 총소리가 울렸어. 고물 줍는 아버지가 일 끝내고 돌아오면 장롱 속으로 숨었어. 날마다 예비군 동원령이 내려지니까, 집에 없는 것처럼 하려고. 밤새 여기저기 끌려 다니다가 새벽에 돌아오면 너무 피곤하잖아? 그런 날은 한잠도 주무시지 못하고 다시 일을 나가야 하거든. 그러니 얼마나 힘드셨겠어. 암튼 난 총소리 듣지 않으려고 귀를 종이로 막고, 손으로 막고, 이불 속에 숨고……. 별짓 다 해도 총소리는 소용없었어. 그게 총이야. 아버지가 그랬어. 총소리는 흙 속에서 숨어도 울리고, 꿈속까지도 울린다고. 그런 거야, 총이란 그런 거라고. 난 그때부터 총이 얼마나 무서운지 알았어."

시래는 진저리치면서 몸을 흔들었다.

"이야, 울린다는 것이 그렇게 무서울 수도 있구나!"

민수는 더 이상 말하지 않았다. 총소리가 한동안 고막을 마비시켰다. 두 사람은 자전거에 내려 귀를 틀어막았다. 아무 소용없다는 것을 알면서도, 그렇게라도 해야만 이 순간을 견딜 수 있었다. 총소리는 두 사람의 뼛속 아득한 곳까지 울려 퍼진다.

• • •

시궁창 비린내가 폐를 찌른다. 실버들이 관리하는 하천이란 영원한 젊음으로 재잘거려야 하는데, 지금은 동요 한 소절 살 수 없을 만큼 썩어 버린 상태다. 실버들 뿌리는 그 검은 물을 아직 해독조차 하지 못하고 있으니, 그것을 아기들 웃음소리처럼 맑게 정화한다는 것은 애초부터 불가능한 일이리라.

꽃가루가 날린다. 날리는 실버들 꽃가루 때문에 눈병이 생긴다고 한다. 민수는 실버들을 옹호하고 싶다. 실버들이 눈병을 일으킨다는 말을 민수는 도시에 와서야 들었다. 민수가 살았던 마을에도 실버들 숲이 있지만, 눈병으로 고생하는 사람을 본 기억이 없다. 왜 그럴까? 시골에서 사는 실버들은 순하고, 도시에서 사는 실버들은 썩은 물 때문에 독해진 것일까.

민수는 실버들만 보면 달려가서 만지고, 기대고, 오르고, 그 밑에 눕고 싶다. 실버들은 보는 순간부터 상상력을 폭발시킨다. 멋대로 까불거리는 푸른 머리카락 하나하나 다 별개의 상상력이다. 실버들은 민수의 그림 속에 가장 많이 등장했다. 낭창낭창 늘어진 가지와 섬세하게 수놓아진 아기 새싹들을 상상하다 보면, 민수는 어느새 실버들이 된 기분이었다.

무채는 민수가 그린 실버들이 살아 있는 것 같다고 했다. 그러면서 실버들 사이로 노란 우산을 쓰고 가는 여자를 그려 달라고 부탁했다. 민수는 원하는 대로 그려 주었다. 무채는 그것을 액자까지 하여 자기 방에다 걸어 놓았다.

민수는 그 그림을 떠올리다가 무심코 뒤돌아보았다. 혹시 무채가 그려 달라고 했던 여자가 시래일 수도 있지 않을까. 민수는 하마터면 "누나, 무채 형 좋아하지?" 하고 물을 뻔했다. 강한 폭발음이 땅을 흔들지 않았다면 진짜 물었을지도 모른다.

한달음에 달려갈 수 있을 만큼 가까운 곳이다.

실버들 숲 너머, 우뚝 솟은 건물 사이로 검은 연기가 용트림하듯 솟구친다.

"안 되겠다! 이쪽도 난리네!"

시래가 다급하게 반대쪽으로 눈을 돌렸다.

민수도 급하게 자전거 핸들을 꺾었다. 실버들에게도 어서 피하라고 소리치고 싶다.

실버들 잔가지 사이로 삐라가 날아다녔다.

삐라에서는 건빵 냄새가 나야 한다. 민수에게 삐라는 건빵교환권이었다. 파주에서 살 때는 삐라 열 장만 모아도 근처 군부대에 가서 건빵 한 봉지하고 바꿀 수 있었다. 삐라는 놀다 지친 아이들에게 간식거리를 먹으러 오라는 신호였다. 내용물은 별로 중요하지 않았다. 우적우적 건빵을 씹어 대면서, 저 까만 구름처럼 삐라가 쏟아졌으면 좋겠다고 생각한 적도 있었다.

민주가 주워 든 삐라에서는 건빵 냄새가 나지 않았다. 매캐한 화약 냄새뿐이다.

"폭도들은 물러가라! 광주 시민 여러분, 지금 광주 시내에는 북한에서 침투한 간첩들이 무장 폭동을 일으키고 있습니다……."

삐라가 그렇게 소리쳤다.

시래가 삐라를 찢어서 던졌다.

"뭐라고? 북한 간첩들이 무장 폭동을 일으키고 있다니! 어이가 없네! 난 계엄군이 시민들을 마구 곤봉으로 치고 발길질하면서 끌고 가는 것은 봤어도, 북한 간첩으로 추정되는 사람들이 무장폭동 비슷한 행동하는 걸 보지 못했어."

민수도 삐라를 던졌다.

"나도 오늘 아침에 S대학 앞에서……, 말도 마. 택시 승객이 공무원이라고 해도, 계엄군이 이단 옆차기로…… 막 개머리판으로 내리치고…… 피투성이였어. 근데 그분들은 아무 짓도 하지 않았거든. 내가 보기엔 계엄군이 미친 것 같애. 미친 폭도라고!"

그렇게 분노하면서도 삐라가 두렵다. 민수는 서둘러 자전거 페달을 밟았다.

• • •

　해가 거의 닿아질 무렵에서야 무채네 집 근처에 도착했다. 색
바랜 녹색 대문 앞에 택시가 보인다. 시래가 그 집 후문을 흔들
어 대면서 무채를 부른다. 곧바로 무채가 나왔다.

　"시래야! 아니, 지금 나 때문에 여기까지 온 거야? 민수까지
데리고……, 너 미쳤구나!"

　무채는 한동안 두 사람이 존재하지 않는 것처럼 어딘가를 바
라다봤다. 방에 들어가서도 민수가 민망할 정도로 시래한테 화
를 냈다. 민수가 알고 있는 무채하고 다른 모습이라서 너무 낯
설었다. 한참 뒤에서야 시래가 애써 웃었다.

　"너, 많이 놀랐구나! 미안하다. 하도 너랑 연락이 되지 않아
서, 그래서 걱정되어 민수랑 같이 온 거야. 나 혼자라면 엄두도
못 내지. 근데 민수가 있어서……."

　그래도 무채 얼굴은 풀어지지 않았다.

　"하아, 진짜 말이 안 나온다! 지금 시내가 어떤 상황인지 알
면서……."

　무채는 한동안 어이없다는 표정으로 쓴웃음을 짓다가 라면

을 끓였다. 라면을 먹자 민수는 졸음이 밀려왔다. 시래는 커피한 잔 달라고 했다.

무채는 커피를 타 주고는 어서 먹고 가자며 먼저 일어섰다. 밤이 되면서 시내 상황이 더 험해지고 있으니까, 어서 가야 한다는 말에 민수는 정신이 번쩍 들었다.

밖으로 나간 무채가 자전거를 택시 트렁크에다 밀어 넣었다. 그런 다음 트렁크 문이 흔들리지 않도록 끈으로 묶었다.

"내가 잘 아는 길이 있으니까, 그 길로 가면 안전할 거야."

무채는 뭔가 비장한 각오를 하면서 입술을 꽉 깨물었다.

민수는 뒷좌석에 앉아서 앞좌석에 탄 두 사람을 바라보았다. 두 사람은 말이 없다. 이럴 때 라디오라도 틀었으면 좋았을 것이다.

얼마나 차가 달렸을까. 총소리가 울린다. 밤하늘에는 붉은 섬광이 먹잇감을 찾아 맹렬하게 날아다닌다. 폭발음에 차가 흔들린다.

"진짜 위험하니까, 의자 꽉 잡고 최대한 고개 숙여. 언제 어디서 총알이 날아올지 모르는 상황이니까."

무채가 뒤돌아보면서 민수한테 고개 숙이라는 말을 되풀이했다.

택시가 급하게 방향을 틀자, 민수는 눈을 감았다. 순간 민수는 뱃속이 거북해지면서 뭔가 욱 치밀어 올랐다. 차멀미다. 하필 이럴 때 도발해 오는 차멀미가 저주스러웠다. 민수는 손으로 입을 막는다. 그 어떤 일이 있더라도 토해서는 안 된다고, 이대로 죽어 버려도 좋다고 손에다 힘을 주었다.

차멀미는 총알도 두려워하지 않는다는 것을 민수는 새삼 깨달았다. 택시가 어디로 가는지, 민수는 전혀 알 수가 없다. 민수는 총알이 아니라 차멀미하고 싸우고 있었다. 그래서 총알에 대한 공포를 잊을 수 있었는지도 모른다.

얼마나 지났을까. 주위가 조용해지면서 택시가 멈추어 선다.

민수는 택시 문을 열고 뛰쳐나갔다. 가로수 밑에다 우엑우엑 토해 냈다. 지금까지 눈으로 보고, 귀로 듣고, 온몸으로 느낀 모든 시간을 다 토하고 나면, 세상이 정상으로 돌아올 것만 같다.

누군가 등을 두들겨 주었다. 무채다.

"맘껏 토해라. 이제 괜찮을 거야. 그래도 형이 시내 지리를 알아서 다행이지, 안 그랬으면 무사히 빠져나오지 못했을 거야. 너희들이 우리 집에 왔을 때, 내가 왜 그렇게 화냈는지 알겠지?

지금 시내에서는 재수 없으면 죽는 거야. 계엄군이 어디에 숨어 있는지 어떻게 알아? 계엄군은 인간 사냥꾼들이야. 다 미쳤어. 이게 뭐야? 전쟁도 아니고, 같은 나라 군인들이 시민들을 저렇게 죽여도……. 아, 개새끼들!"

민수는 진이 빠질 정도로 토악질하고 나서야 무채가 내뱉는 말의 여백을 되새김질하였다. 전쟁도 아니고, 같은 나라 군인들이 시민들을 저렇게 죽여도, 뉴스에서는 진실을 말하지 않는다. 그러니 다른 지역에 사는 사람들은 이 사실을 알 수 없다. 아, 답답하다. 모르겠다. 그냥 꿈이었으면 좋겠다.

귀신에게 홀린 호동이 작은아버지

민수가 집 앞으로 가자, 호동이가 아래층 문을 열고 나왔다.

"형, 왜 이제 오는 거야? 작은아빠도 아직 안 들어오시고, 작은엄마랑 나랑 가슴이 타들어 가는데……."

녀석이 제법 진지하게 타박하니까, 민수는 괜히 미안해진다.

민수가 호동이 작은어머니한테 늦어져 죄송하다고 하자, 그냥 한숨만 내쉬면서 고개를 끄덕였다. 작은어머니는 뒤따라 올라온 무채랑 시래를 보자마자 아직 남편이 돌아오지 않았다고 하소연했다. 시래가 작은어머니 손을 꼭 잡았다.

"언니, 괜찮을 거예요. 걱정 마세요."

"형수님, 이럴 때일수록 무던해야 해요. 부정적인 생각을 하면 할수록 끝이 없어요. 허허허. 조금 있다가 형님이 아무 일 없다는 듯이 나타날 테니까요."

무채도 일부러 농담까지 섞어 가면서 안심시켰다.

작은어머니는 자신을 꼭 닮은 아기를 꼭 끌어안고 있었다. 제대로 울음소리를 들어본 적이 없을 정도로 천성이 순한 아기가 오늘은 이상하게도 울어만 댄다고 한숨을 내뱉었다. 그래서 이렇게 안고 있을 수밖에 없다고.

민수는 묘하게도 그런 아기가 고맙다. 지금 이 자리에서 아기만큼 절대적인 힘을 가진 존재란 없을 것이다. 아기는 일부러 불안해하는 어미를 달래기 위해서 우는 척하고 있을 거라고 상상했다. 아기는 어미 가슴에 안겨서, 아기 특유의 새근새근한 숨소리로, 그 힘으로 어미를 달래 주고 있는 것이라고. 그러니까 아기가 우는 것은 불길한 징조가 아니라고 애써 웃는다.

호동이 작은어머니가 시내 중심가 쪽 상황을 물었다.

순간 시래가 민수를 힐끗 보았다. 아무런 말도 하지 말라는 뜻이다.

"우린 시 외곽으로 돌아와서 잘 몰라요."

무채가 재빠르게 대답하고는 시내 중심가 쪽으로 고개를 돌린다.

"형, 저기 불기둥이 치솟는 곳은 어딜까?"

호동이가 무채에게 묻자, 글쎄 하고는 말꼬리를 흐렸다. 굳이 말하지 않아도 상황이 점점 험악해지고 있다는 것을 호동이도 잘 알고 있다. 호동이는 집 전화도 불통이라고 하면서, 이제 광주 시민들은 어떻게 되는 거냐고 했다. 무채나 시래 얼굴을 쳐다보면서 하는 말이 아니다. 그냥 자신에게, 어쩌면 저 하늘에게 하는 말인지도 모른다. 아무도 대답하지 않는다.

한참 있다가 작은어머니가 무채의 갈 길을 걱정했다.

"아, 저요? 허허허, 걱정 마세요. 저야 뭐, 근처에 친구가 사니까, 그 집으로 가면 돼요. 지금 저 총소리를 뚫고 어떻게 가겠어요?"

무채는 호동이 작은아버지가 오는 것을 보고 가겠다고 덧붙였다. 순간적으로 작은어머니 눈빛이 환해진다. 말로 표현하지는 않아도, 이렇게 같이 기다려 주는 것이 얼마나 큰 힘인지 느낄 수 있다.

민수는 대신 고맙다는 뜻으로 무채를 쳐다봤다. 새삼 무채가 있는 광주를 선택한 것이 얼마나 잘한 일인지 자신을 칭찬해 주고 싶다.

호동이 작은아버지는 11시 넘어서야 비틀거리면서 계단을 올라왔다.

"시래야, 나 살았지? 나 죽은 거 아니지? 아이고, 이제 살았다!"

작은아버지는 아내가 아니라 시래를 덥석 끌어안더니, 다리가 풀리면서 맥없이 주저앉았다. 민수는 시궁창 비린내가 코를 찌르자, 썩은 폐수 때문에 고통스럽게 죽어 가는 실버들이 떠오른다. 그런 실버들이 사람으로 변해서 온 것만 같다.

작은어머니가 남편 손을 잡고 일으키려다가 같이 주저앉았다. 무채도 그 옆으로 앉았다. 시래도 앉았다. 민수랑 호동이까지도.

• • •

오늘은 담양으로 가는 차를 대타로 뛴 거시어. 작년까지 내가 그쪽을 뛰었거든. 암튼 저녁에 돌아오던 참이여. 광주 거의

다 와서, 산 밑에서 계엄군들이 차를 막더라고. 내가 슬쩍 차 안을 보니께 열 명 남짓 타고 있는디, 나이 든 할머니 두 분, 어떤 아저씨 두 분, 아주머니 한 분, 그리고 다 학생들이여. 아마 호동이 또래 같더라고. 그래서 안심했제. 계엄군이 차 안으로 올라오더니 학생들을 가방이랑 호주머니를 뒤지는 거시어. 그중 한 놈의 호주머니에서 뭔가 툭 떨어졌어. 아이고, 그것이 탄피였당께. 아이가 더듬거리면서 "학교 앞에서 주웠어요." 하는 순간, 계엄군이 "내려 새끼야!" 하고 소리쳤지. 다른 친구들도 "진짜 학교 앞에서 주웠다고요!" "맞아요. 나도 봤어요! 탄피가 엄청 많았어요!" 그러자 "이 새끼들, 다 내려!" 하고 소리치드만. 사실 요즘은 탄피가 아무 데나 굴러다니잖아? 그래서 내가 한 마디 할라다가…… 말이 안 나와서…… 설마 무슨 일이 있겠어, 하고 있는디…… "여긴 다 빨갱이 새끼들이야." "다 쓸어 버려야 해!" 그런 소리가 들리는 거시어.

· · ·

민수는 은연중에 하늘을 쳐다보면서 얼굴을 문지른다. 빨갱이라는 말을 들으면 저도 모르게 하늘을 쳐다보는 버릇이 있다. 언제부터 그랬는지 모른다. 분명한 것은, 상상력이 강해지면서부터 그런 버릇도 강해졌다. 유치하게도 얼굴이 빨간 사람이 떠오른다. 그때마다 민수는 하늘을 쳐다보고, 자기 얼굴을 문지른다.

아, 맞다. 어머니도 빨갱이라는 말만 나오면 하늘을 올려다보면서 얼굴을 문질렀으니까, 그 버릇이 어머니한테서 건너왔다는 것을 부정할 수 없다.

그랬구나! 이런 것도 물려받는구나!

"파주에서 살 때가 좋았어. 첨에 이사 갔을 적에는 전라도 사람이라고, 셋방도 주지 않으려고 했지. 그니 어째? 다리 밑에다 솥단지 걸치고 살았어. 살다 보니 사람들이 우리가 좋은 사람이라는 것을 알고는, 얼마나 잘해 줬는지 몰라. 돈도 제법 벌고 했응께, 그 돈으로 땅을 사서 편하게 살았으면 얼마나 좋았겠냐? 근디 다시 전라도로 내려온 거시어. 밤마다 예비군 소집되고, 그니까 니 아빠가 다시 전라도로 가고 싶어 했어. 고향에 가서 편안하게 살고 싶어 했지. 근디 전라도로 오자마자 저 세상으로 가 버렸으니, 뭣이 잘못된 것인지 모르겠다. 글고 다른 지역 사람들이 우리를 다 빨갱이라고 하잖아? 거기서 살았으면 그런 손가락질은 더 이상 받지 않았을 것인디, 엄마는 그런 생각을 많이 한다. 아무래도 전라도로 내려온 것이 잘못된 일이라고…… 지금도 다들 전라도 사람들을, 광주 사람들을 빨갱이라고 하잖아? 그래서 이런 일이 터진 거시어!"

어제 S대학 앞에서 급하게 골목으로 돌아온 뒤에도, 어머니는 가슴 속 깊은 곳에다 묻어 두었던 그 아픈 이야기를 길게 늘어놓았다. 그때도 민수는 빨간색을 좋아하지 않아서 다행이라고, 몇 번이나 자신을 위로했다.

. . .

총소리가 나자…… 차에 있던 할머니 한 분이 손을 부들부들 떨면서, "여보쑈, 군인 양반! 저 총소리가 설마 그 아이들한테……" 그러자 군인이 그냥 내려가는디…… 순간 멍해지면서 핸들을 잡았제. 그것이 총인 줄 알았어. 그랬다면 나도 쏴 버렸을 거시어. 그 어린 것들이 뭔 죄가 있다고…… 차를 운전하다 보니까, 그 동안 시내에서 숱한 장면을 다 봤제. 어린 학생들이 군인들한테 얻어맞고 질질 끌려가는 것도 봤지만…… 죄 없는 학생들한테 총을…… 아이고오, 아무리 군인들이라지만 그렇게 하고서 나중에 어떻게 살라고……. 군인들이 "다 내리세요!" 하는 순간 그 눈빛을 보자, 다 죽겠구나 하는 생각이 들더라고. 다른 사람들도 그런 생각을 했는지 다들 얼굴이 굳어 버렸어. 순간 이판사판이다 하고 차를 몰았어. 그때부터 그놈들이 총을 쏴 대는디, 수백, 수천 발을 쏴 댔을 거시어. 몰라! 무슨 비명이 나고 어쩌고 그냥 달렸응께. 그러다가 쿵, 소리가 나면서 차가 어디에 부딪히고…… 바퀴가 터져서, 길가에 처박힌 거시어. 다행히도 승객들은 다 무사하고, 어서 내리라고 해서 다리 아래로 내려갔어. 하천을 건너, 논두렁으로 기어서, 겨우 도망친 거시어. 시내로 와서도 통금이라 군인들 눈에 띄면 안 되니까, 골목으로 골목으로 숨어서 온 거시어. 여기까지는 어떻게 왔는지도 몰라. 정신 차려 봉께, 집이 보이더라고. 다른 사람들은 어찌 되었는지 몰라. 그것까지 챙길 경황은 없었응께.

• • •

　　민수는 호동이 작은아버지가 귀신에게 홀렸을 거라고 중얼거렸다.

　　초등학교 6학년 때였다. 민수는 어머니하고 들에서 돌아오고 있었다. 그날따라 해는 일찍 저물었다. 두 사람은 마을을 지켜 주는 당산나무 앞에 앉아서 쉬다가 비틀비틀 걸어오는 사람을 보았다. 우체부였다. 어머니가 먼저 알아보고는 가서 그 사람 손을 잡아 주었다.

　　우체부는 당산나무 앞에 주저앉으며 한숨을 내쉬었다.

　　"아이고, 고맙습니다. 이제 살았네. 평생 이런 일은 처음입니다. 아이고 살았네!"

　　우체부 옷은 엉망이었다. 여기저기 찢어지고, 게다가 맨발이었다. 어머니가 자전거를 어디다 두고 왔냐고 묻자, 우체부는 모른다고 했다.

　　우체부는 공동묘지 밑에서 귀신을 만났다. 그곳은 귀신이 잘 나오는 곳으로 유명했다. 우체부는 월급날이라서 돼지고기 한 근을 사서 자전거 뒤에다 싣고 오는 중이었다.

"갑자기 자전거가 움직이질 않는 거요. 이상하다 하고 내려 보니 누가 잡은 것처럼 자전거가 넘어지지도 않고……. 순간 귀신이구나, 했지요. 그때부터 도망치려고…… 돼지고기도 버리고, 그래도 몸이 잘 움직여지지 않으니까 신발도 버리고, 양말도 벗어 던지고, 가방도 다…… 그러다 보니 조금씩 몸이 움직여져서 여기까지 기어서 온 거요."

어머니는 우체부를 시동생처럼 달래면서 이제 그런 일은 없을 테니 안심하라고 하였다. 어머니랑 민수는 우체부가 사는 마을까지 동행해 주었다.

"아짐, 저 살았지요? 죽은 거 아니지요?"

우체부는 집이 보이자 울음 섞인 목소리로 고맙다고 하였다.

이상하게도 민수는 그 기억이 자꾸만 또렷해졌다.

• • •

"군인들이 그 아이들한테 총질한 것이 맞다면…… 아이고, 내가 그냥 차를 멈추지 말고 가 버렸어야 하는디, 내 잘못여! 아이고오, 내 잘못이여!"

호동이 작은아버지는 한동안 무릎 틈에다 얼굴을 처박고 끄억끄억 울었다. 그 울음소리가 어찌나 무겁던지 자꾸만 민수 가슴으로 내려앉았다.

어른이 우는 것을 보면 더 슬프다. 왜 그럴까. 어른이란 부모가 돌아가셨을 때를 제외하고는, 함부로 울어서는 안 되는 존재일지도 모른다. 그렇다면 작은아버지는 지금 스스로 어른이란 경계를 벗어난 상태일지도 모른다.

민수가 방으로 들어오자 호동이가 혼잣말에 가깝게 물었다.

"진짜 군인들이 아이들을 쏘았을까?"

민수는 침을 꼴깍 삼켰다. 총에 맞으면 어떨까. 아플까. 그 도토리만 한 것들이 아직 살이 무른 아이들 몸으로 들어갔다면, 그대로 뚫고 지나갔을 것이다. 그렇게 아이들도 모르게 지나가 버렸으면 좋겠다. 그냥 바람이 지나간 것처럼 아무런 상처도 없었으면 좋겠다. 민수는 그런 상상을 하려고 애를 썼다.

• • •

민수는 다락방으로 올라갔다. 늘 이곳에 올 때마다 고요한 세상으로 초대를 받는 기분이다.

원래 그곳은 잘 쓰지 않는 허드레 물건 따위를 아무렇게 던져 놓던 창고였다. 안방 아랫목에다 사다리를 놓고 천장에 달린 비밀 문을 열면, 얼마간 자투리 공간이 드러난다. 그곳은 슬래브 지붕과 안방 천장 사이의 여백이 워낙 좁아서, 이 집을 지은 목수조차 인간이 거처할 수 없는 공간이라고 판단하고는 창고용으로 설계했다. 자습서만 한 창문이 있기는 해도, 그것 역시 인간을 배려한 건 아니다. 콘크리트 지붕이 달군 공기를 순환시키려고 만들었을 뿐이다.

민수는 이 집에 오자마자 그곳에서 자겠다고 말했다.

호동이 작은아버지는 단호하게 반대했다. 어떻게 그런 곳에서 자게 하냐고 하고는, 조금 불편해도 호동이랑 같이 자라고 하였다.

작은어머니는 관점이 달랐다. 누가 쓰느냐에 따라서 공간이 달라질 수도 있다면서, 그래도 그곳은 바깥이 다 보이고, 바람도 잘 통하니까 괜찮다고 민수를 지지해 주었다.

그러자 작은아버지는 한발 물러났다. 그래도 민수가 한낮에 그곳에 있으면, 더운 곳에 있지 말고 내려오라고 소리쳤다. 처음에는 괜찮다고 하면서 버티려고도 했지만, 다른 식구들 눈빛이 편안하지 않다는 것을 알았다. 그래서 민수는 잠잘 때가 아니면 올라가지 않는다.

"민수야! 근처에서도 총격전이 벌어지고 있으니까, 답답해도 다락방 창문 열지 마라."

작은아버지 목소리가 안방에서 올라왔다.

민수도 총소리를 듣고 있다. 이렇게 총소리가 가까워진 걸 보면, 전선이 시내 중심부에서 시 변두리인 민수네 집 근처까지 다가온 모양이다. 내일이 두려웠다. 모두가 잠이 들어 버린다면 저 총소리가 세상을 자기들만의 방식으로 바꾸어 놓을지도 모른다.

너무도 긴 하루였다. 지금까지 살아온 시간보다 더 길게 느껴졌다.

안방에서 도란거리는 목소리가 민수 고막으로 기어들었다.

"아이고, 그놈들 생각하면…… 여보오, 아이들 말여…… 아이고오…… 죽을 때까지 못 잊을 거시어, 세상에 그 어린 것들한테 총질을 하냔 말이여, 뭔 죄가 있다고!"

"그러게요. 군인들도 형제들이 있을 텐데……."

"다들 미쳐 버린 거시어. 그러지 않고서야 이런 일이 벌어지겠는가? 그래 놓고 광주 시민을 폭도로 몰아붙이고 있으니……."

작은어머니는 더 이상 말하지 않았다.

그렇게 얼마나 많은 시간이 흘렀는지 모른다.

민수는 잠깐 졸았다. 총소리 때문인지, 무엇 때문인지, 눈을 떴다. 주위를 더듬었다. 페트병이 손에 잡히지 않았다. 그제야 며칠 전에 페트병을 치웠다는 기억이 떠올랐다. 다락에 올라온 호동이가 지린내 난다면서 그것을 창문 밖으로 던져 버렸다. 민수는 그 페트병을 화장실에서 깨끗하게 씻어 놓고는 가져오지 않았다. 호동에 대한 원망과 함께 자꾸만 망각하는 자기 건망증을 타박했다.

다락방은 자유로우면서도 고립된 세상이다. 그곳은 혼자만의 세상이고, 그 누구 눈치도 볼 필요가 없다. 오롯이 앉아 있거나 누워 있을 수밖에 없고, 움직일 때도 기어 다녀야 하는 불편쯤이야 큰 문제가 되지 않는다. 한밤중에도 슬래브 지붕에서 살아 나오는 뜨거운 열기 때문에 숨쉬기 불편해도, 그것 역시 참아 낼 수 있다.

문제는 소변이다. 그것만큼은 참아 낼 수 없다. 그렇다고 아래로 통하는 문을 밀고 사다리를 내릴 수도 없다. 안방에서 작은아버지 내외가 잠을 자고 있기 때문이다. 만약 민수가 내려간다면 그분들은 잠에서 깨어날 것이고, 부부의 오붓한 잠자리를 침범한 민수는 그 미안함을 견디지 못할 것이다. 그러니 한 번 올라가면 아침에 일어날 때까지는 무조건 버텨야만 한다.

그걸 알면서도 민수는 안방으로 통하는 문을 옆으로 밀어낸다. 그만큼 소변의 압박이 심했다는 뜻이다.

민수는 주춤했다. 묘한 신음소리에 놀랐다. 다락은 창문이 있기는 해도 벽을 더듬어야 할 만큼 어두웠다. 그러나 안방은 큰 창문이 있어서 불을 꺼도 누워 있는 실루엣이 양각 판화처럼 드러났다.

17인치 텔레비전 앞에서 아기가 잠들어 있다.

바로 그 옆에 한 사람이 누워 있다.

또 한 사람이 누운 사람 몸 위에 포개져 있다. 둘 다 알몸이다.

민수는 천천히 문을 닫았다. 제발 문소리가 나지 않기를 바라면서, 마치 자신이 다락에 숨어 있는 것이 발각이라도 되면 큰 위험에 처하기라도 하는 것처럼, 제발 제발 하면서.

민수는 처음으로 남자와 여자 살과 살이 섞이는 소리를 귀에 담았다. 묘하게도 그것은 흐느낌에 가까웠는데, 듣다 보니 얼음장 밑에서 봄을 향해 비밀스럽게 흐르는 잔물소리가 떠올랐다. 그런 상상을 하면서부터 민수를 압박하던 소변이 잠잠해졌다. 민수는 강물 속으로 자유롭게 헤엄쳐 다니는 상상을 하다가 잠이 들었다.

· · ·

어떤 큰소리가 잠을 깨웠다. 그만큼 크고 낯선 소리다.

민수는 깜짝 놀라면서 일어나다가 머리를 천장에 박았다. 엄청난 아픔이 눈으로 쏟아졌다. 그때 찌렁찌렁 여자 목소리가 울린다.

"시민 여러분 해방되었습니다! 어서 거리로 나오십시오! 시민 여러분, 이제 해방되었습니다!"

순간 민수는 멍해졌다. 꿈인가? 여자 목소리가 더 커졌다.

"시민 여러분, 계엄군이 물러났습니다. 해방되었습니다!"

해방이라니? 민수는 몇 번이나 머리를 흔들어 댔다. 해방이라는 말을 이렇게 직접 들을 줄은 몰랐다. 지금은 일본 식민지도 아니다. 분명히 대한민국이라는 독립국가다.

민수는 창문으로 기어간다.

부슬부슬 비가 내린다.

"시민 여러분, 위대한 광주 시민 여러분, 간밤에 계엄군을 물리치고 광주를 해방시켰습니다! 이제 안심하고 거리로 나오십시오!"

다시금 여자 목소리가 메아리쳤다. 그제야 민수는 꿈이 아니었음을 실감한다.

해방이라는 말은, 나라를 빼앗겼다가 다시 찾았을 때만 쓰는 말이 아니구나! 맞아, 휴교령이 내려졌을 때도 그랬어. 교실을 나오면서, 교문을 나가면서 뭔가 해방된 것 같았어.

민수는 해방이라는 말을 몇 번이나 곱씹는다.

이 세상 최고의 가장행렬

골목에는 많은 사람들이 나와 있다. 다들 들뜬 눈빛이다.

민수는 계엄군이 물러났다는 사실을 직접 눈으로 확인하고 싶다. 빠르게 골목을 빠져나가자마자 S대학 정문을 쳐다본다. 지나가는 택시를 정차시킨 다음, 승객과 운전사를 처참하게 침몰시키던 계엄군이 보이지 않는다. 그제야 간밤에 세상이 뒤바뀌었다는 사실을 받아들일 수 있었다. 자칫하면 자식을 잡아먹을 수도 있겠다고 하면서 허겁지겁 발길을 돌리던 어머니가 여기에 있었다면 뭐라고 했을까.

"시민 여러분, 해방되었습니다! 이제 계엄군이 물러갔습니다!

여러분, 모두 나오십시오!"

군용 지프에 매달린 확성기가 여자 목소리를 홀씨처럼 날려 보냈다.

민수는 만세라도 불러야 하는 게 아닌가 하고 주변 사람들을 살폈다. 몇몇 사람들은 엉거주춤 두 팔을 들어 올리려다가 이내 팔을 내리고 박수친다. 만세보다는 박수가 더 어울리는 해방이라는 뜻일까.

민수도 박수 친다. 왜 박수 치냐고 묻는다면, 그냥 좋으니까 치는 것이라고 대답할 것이다. 왜 좋냐고 물으면, 계엄군이 물러갔으니까, 이제 총소리가 안 들릴 테니까, 이제 무섭지 않을 테니까, 이제 맘대로 돌아다닐 수 있으니까, 이제 시골에서 걱정하지 않아도 되니까. 1945년에 일제 강점기로부터 해방되었을 때도 이랬을까. 민수는 경험해 보지 못한 과거의 시간에 물음표를 던졌다. 참 묘한 풍경이다.

거리는 활기차고 사람들 표정이 밝다. 그렇다면 분명 해방이 된 것이다. 다만 태극기를 들고 목 터지게 대한독립 만세를 외치지 않았을 뿐. 그러니까 이런 경우는 대한독립 만세가 아니라 광주 시민 만세라고 해야 하나? 민수는 그런 생각을 하다가 돌아섰다.

뒤에서 호동이가 어깨를 툭 쳤다. 호동이 작은아버지도 보이고, 작은어머니도 옆에서 웃고 있다.

아기를 안은 작은아버지는 다른 날보다 말이 많다. 집으로 오는 내내 한순간도 말을 멈추지 않았다. 아기도 저만이 알고 있는 언어로 옹알이했다. 작은아버지가 지난밤 광주문화방송국이 불에 탔다고 말했다.

그동안 방송국은 진실을 보도하지 않았다. 대신 진실을 보도한 광주기독교 방송국은 오히려 시민들 박수를 받으면서 살아남았다.

민수는 그 말을 들으면서도 너무 당연한 일이라고 맞장구쳤다.

"그럼 계엄군이 완전히 물러난 거예요?"

민수가 묻자, 작은아버지가 아기를 보고 웃으면서 대답했다.

"아니, 아직도 시내 곳곳에서 충돌이 벌어지고 있는 모양이야."

"여보, 오늘은 회사에 나갈 생각 마세요. 지금 운전사들이 가장 많이 죽는대요. 높은 건물마다 계엄군들이 숨어 있다가, 지나가는 차량의 운전사만 총으로 쏜대요."

"안 그래도 그럴 생각이네. 아이고, 어젯밤 일만 생각하면 아직도……."

그는 다시 하늘을 쳐다보다가 고개를 흔들어 댔다.

오늘따라 하늘이 크게 보였다.

• • •

민수는 아침을 먹고 집을 나섰다. 호동이도 따라온다.

"버스 종점까지만 가라. 다른 데로 가면 절대 안 된다!"

그런 조건으로 호동이 작은아버지는 외출을 허락했다.

"형, 계엄군이 밀려났다는 말이 믿어져?"

호동이가 눈을 크게 뜨고 물었다.

"어, 그러게 말이다."

민수는 앞서 걸으면서 고개를 흔들었다.

"난 믿어지지 않아. 계엄군은 총도 있고, 탱크랑 장갑차도 있잖아? 근데 어떻게 시위대한테 쫓겨날 수가 있어?"

"어, 그러게 말이다!"

민수는 그 말밖에 할 수 없다.

호동이가 종점에서 쭉 뻗은 일직선 도로를 보고는 급하게 소리쳤다.

"형, 저기 봐!"

고속버스가 오고 있다.

민수는 눈을 문질렀다. 이거야말로 꿈이야!

점점 가까워지는 고속버스에서 엄청난 메아리가 터져 나왔다. 차에 탄 사람들이 깨진 창문 밖으로 팔을 내밀고, 저마다 몽둥이로 차체를 두들기면서 노래를 부른다.

"계엄군은 물러가라, 좋다, 좋다! 계엄군은 물러가라, 좋다, 좋다!"

봐도 봐도 낯설고 희한한 광경이다. 민수는 다른 세상에서 온 아이처럼 두리번거렸다. 어, 이게 대체 무슨 상황이란 말인가. 고속버스가 시위대를 싣고 오다니! 고속버스가 저렇게도 변할 수 있단 말인가. 순한 새색시가 여전사로 변해 버리는 느낌이랄까. 고속버스란 서울이나 부산에 가는 승객들을 태우고 쾌적하게 달리는 최고의 운송 수단이다. 일반 시외버스하고는 차원이 다르다. 멀미를 유발하는 차 냄새도 거의 나지 않는다. 게다가 비행기 스튜어디스하고 거의 똑같은 안내양까지 타고 있다.

순간적으로 민수는 엉뚱한 상상을 했다. 마치 어떤 축제의 가장행렬 같다.

네, 이제 축제는 절정으로 치닫고 있습니다. 오늘의 하이라이트 인 가장행렬이 시작되었는데요. 아, 고속버스에 탄 시민들이 저마 다 몽둥이로 박자를 맞추면서 흥겹게 노래하고 있습니다. 아, 누가 저런 생각을 했을까요? 정말 대단합니다. 이건 단순한 가장행렬 이 아니고 저 자체만으로도 예술작품 같습니다…….

그렇게 중얼거리다 보니까, 고속버스에 탄 사람들이 진짜 축 제를 즐기는 것 같다. 지난주 금요일 체육대회 때 벌어졌던 가 장행렬이 떠오른다.

민수네 반은 구령대 앞을 지나는 순간 모자와 교복을 벗어 던졌다. 교복 자율화를 외치는 퍼포먼스지만, 되돌아보아도 별 감동이 없었다. 선생님들도 눈살을 찌푸렸을 뿐 어떤 반응도 하 지 않았다. 하지만 지금 눈앞에서 펼쳐지는 저 가장행렬은 이 세상에 존재하는 그 어떤 예술가도 상상할 수 없을 만큼 기발

하지 않는가.

호동이 목에는 카메라가 걸려 있다. 중학교 입학선물로 고모가 준 것이다. 호동이는 그걸 만지작거릴 뿐, 자기 눈앞으로 가져와서 그 축제를 담아 낼 용기가 없었다.

"호동아, 카메라 줘 봐!"

호동이가 기다렸다는 식으로 카메라를 건네주었다.

민수는 카메라를 눈앞으로 가져갔다. 묘한 희열이 온몸을 흔들었다.

민수는 다시 마음속으로 중얼거렸다.

이 축제의 하이라이트 고속버스 가장행렬이 점점 아시아 자동차 공장 앞으로 다가오고 있습니다. 차에 탄 사람들을 보니까, 나이가 많은 어른도 있고, 청년도 있고……, 아, 교련복을 입은 고등학생도 있네요!

민수는 셔터를 누르려고 하다가 깜짝 놀라면서 뒤돌아섰다. 누군가 뒤에서 민수 어깨를 잡아당겼다. 땅딸막한 할아버지다. 하도 키가 작고 흰머리가 많아서 이 세상 사람이 아닌 듯하다.

"이놈! 이 큰일 날 놈!! 절대 찍지 마라!"

할아버지가 담 쪽으로 민수를 밀어붙였다.

"왜 그러세요?"

민수가 이해할 수 없다는 눈빛으로 쳐다본다.

할아버지는 부리부리한 눈알을 이리저리 굴렸다. 눈알이 굴러가는 소리가 날 것 같다.

"이놈아, 지금 저걸 찍으면 시위대에 맞아 죽는다! 시위대가 너를 경찰이나 군대 첩자로 오인한다고! 그래서 아무도 안 찍는 거시어."

민수는 이해가 되지 않았다.

"경찰이나 군인들이 나중에 너를 잡아갈 수도 있다. 지금 경찰이나 군인 첩자들이 사방에 깔려 있을 거시어. 그 사람들이 사진 찍는 널 봤다면, 아마도 나중에 찾아올 것이고. 잡아가서, 왜 그런 사진을 찍었냐고 호되게 추궁할 거시어!"

그래도 이해되지 않지만, 사진 찍는 것을 포기할 수밖에 없었다.

민수는 가까이 다가온 고속버스를 보자 온몸에 소름이 돋았다. 운전사 앞에는 자동차 타이어 두 개가 묶여 있고. 유리창에는 벌집처럼 총구멍이 뚫려 있다. 민수는 아찔해지면서 다리가 풀렸다. 밤새 들리던 총소리가 생각났다. 고속버스가 총소리를 온몸으로 받아 냈음을 알 수 있었다. 고속버스가 총소리를 물리쳤구나! 그러니 고속버스 뼛속에는 아직도 총소리가 남아 있을 것이다.

• • •

군수업체인 아시아 자동차 공장에서 군용트럭이 나왔다. 운전사가 군인이 아니라서 낯설고 어색했다. 그런 낯설음이 이 가장행렬의 특징이다.

낯설음 끝판은 미완성품인 군용트럭의 등장이다. 뒤쪽 짐칸이 연결되지 않은 반쪽짜리 트럭들이 신나게 달려 나온다. 꼭 아이들 같다. 미완성품이라서 이 축제에 더 어울린다.

민수는 덜 자란 풀무치를 연상했다. 풀무치도 저 군용트럭처럼 몸 앞쪽이 먼저 만들어지고, 그런 미완 상태로 살아가면서 나머지 뒤쪽 날개를 천천히 완성해 간다.

구경꾼이 없는 축제란 있을 수 없다.

구경꾼이 동조하지 않는 축제란 오래 지속될 수 없다.

구경꾼들이 군용트럭 옆으로 가서 차에 탄 배우들 손을 만져주기도 하고, 박수를 쳤다.

"형, 장갑차도 나왔어!"

호동이가 소리쳤다. 진짜 장갑차다.

구경꾼들이 흥분해서 소리를 질렀다. 박수가 모자라서 발을 구르기도 하고, 펄쩍펄쩍 뛰면서 환호하는 사람도 보였다. 장갑차에 탄 사람도 손을 들어서 구경꾼들에게 화답했다.

어느새 호동이는 가로수 나무를 타고 올라가서 손을 흔들어 댔다. 너무나도 많은 목숨이 무고하게 스러져 갔으니 분명 슬픈 일이지만 사람들은 이 축제의 모순을 한껏 즐기고 있었다. 민수는 몽환적인 시간을 사진기에 담지 못하는 것이 아쉬웠다. 그래서 더 빠르게 재잘거린다.

네, 장갑차가 나타났습니다. 장갑차 정면에는 '계엄령을 철폐하라' 그런 글씨가 돋보입니다. 아마 이번 축제에 장갑차가 나타나리라고는 아무도 예상하지 못했을 겁니다.

아, 근데 말이죠. 장갑차가 군인들이 몰지 않아도 제법 어울리네

요. 만약 버스를 저렇게 만들면 어떨까요? 너무 답답할까요? 그래
도 사고가 나면, 승객들이 다치지는 않을 것 같은데요. 하하하, 아
무튼 재밌네요, 재밌습니다!

　민수는 그렇게 재잘거리다가 "호동아!" 하고 소리치는 소리
에 놀라서 고개를 돌렸다. 호동이는 그 소리를 듣지 못했는지
시위 차량에서 흘러나오는 노래까지 따라 불렀다.
　십여 걸음 앞에 호동이 작은아버지가 보였다. 구경꾼들이 많
아서 그런지 가로수 밑까지 다가오지 못한 채 자꾸 손짓만 해
댔다. 민수는 그쪽으로 가려다가 주춤했다. 호동 할머니를 봤
기 때문이다. 할머니는 작은아버지 뒤에서 늙은 고양이처럼 웅
크리고 있다.
　작은아버지가 가로수 밑까지 다가왔다. 그제야 호동이는 사
태를 알아채고 아래로 내려왔다. 그가 호동이 어깨를 급하게
잡아당겼다.
　"왜 그렇게 높은 곳까지 올라갔냐?"
　"시위대가 잘 보이지 않아서요."
　"다시는 올라가지 마라."

그는 더 이상 타박하지 않고 할머니 앞으로 걸어갔다.

호동이가 약간 놀라면서 할머니한테 인사했다. 할머니는 손자를 보고도 뭐라 반응하지 않았다. 어서 집으로 가자고 작은 아들에게 눈짓할 뿐이다.

할머니는 모두가 즐기는 이 축제에서 유일한 이방인이다. 조금도 그 분위기에 동조하는 표정을 짓지 않았다. 호동이처럼 작고 통통한 할머니 걸음걸이는 무척 빨랐다. 뒷모습만 보면 전혀 나이가 느껴지지 않는다. 자주색 치마에다 하얀 윗옷 차림으로, 한평생 흙만 뒤적거리면서 살아온 농부의 흔적도 찾을 수 없다.

할머니는 집에 오자마자, 모두가 보는 앞에서 찬물 한 사발을 벌컥벌컥 들이켰다. 그런 다음 호동이를 보고는 "이놈의 새끼야!" 하고 탄식했다. 호동이는 움찔하면서, 다시는 높은 나무에 올라가지 않겠다고 고개를 숙였다. 그래도 할머니 표정은 누그러지지 않았다.

"이놈의 새끼야, 이런 난리 통에는 절대 나돌아다니면 안 되는 거시어!"

호동이는 작은아버지랑 작은어머니를 보더니 헤헤헤 웃었다.

"할머니, 안 돌아다녀요! 오늘은 해방된 날이라서, 잠깐 집 앞에 나간 거예요. 사람들 다 나와 있잖아요? 어제까지만 해도 계엄군들이 종점 근처에도 깔려 있었어요. 근데 오늘은 한 명도 안 보이잖아요? 해방되어서 그런 거라구요!"

할머니는 다시 한숨을 내뱉고는 헛웃음을 지었다.

"뭣여, 해방이라고야? 니가 해방이 뭣인지 아냐? 해방이 뭣인지 아냐고! 이놈아, 해방이란 세상이 뒤바뀌는 거시어. 이렇게 쬐깐한 동네가 바뀐다고 해방이 아녀. 봐라, 여기만 이러지, 서울이 바뀌었냐? 부산이 바뀌었냐? 충청도 강원도가 바뀌었냐? 이건 해방이 아니고 난리여, 난리! 너희 5대조 할아버지도 그랬다지. 동학군 따라다니면서 세상에 해방되었다고……, 그때 너희 5대조 할머니가 남은 식구들을 데리고 깊은 산속으로 피난 가지 않았으면, 우리 종자들은 다 멸족했을 거시어. 이제 너도 알랑가 모르겠다만, 동학군도 세상 전체를 바꾸진 못했시야. 동네 몇 군데 바꾼 것에 불과해. 암튼 그때부터 우리 집안은 어떤 큰일이 생기면 절대 나서지 않는 것이 가훈처럼 되어 있시야. 그것을 명심해야 써! 이럴 때는 절대 밖에 나돌아 다녀도 안 되고, 쉽게 박수 치면서 휩쓸려도 안 되는 거시어. 근디 어리디 어린 놈이 겁도 없이 나무에 올라가서 박수 치고, 노래하고……, 아이고, 가슴 떨려! 당장 내려가자! 내가 올라오길 잘했다! 너는 한시도 여기다 둘 수 없다!"

호동이는 뭔가 억울해하는 눈빛이다. 결국 작은아버지 허락을 맡고 외출했다고 더듬거렸다. 할머니가 작은아들을 보고는 눈빛으로 엄하게 꾸짖었다.

"이럴 때일수록 아이들 단속을 잘해야지, 어른이 속없는 것들을 쉽게 풀어 놔서야 되겠냐?"

작은아버지는 뭔가 변명하려다 입을 꾹 다물었다. 지금은 어떤 말도 소용없을 것이다. 할머니는 손자한테 어서 시골에 내려갈 준비를 하라고 단호하게 소리쳤다.

"애비야, 느그들도 시골로 잠시 가는 게 어떠냐? 이럴 땐 무조건 피하고 보는 것이 상책이야."

"어머니, 저희는 괜찮아요. 며칠 집에서 푹 쉬면서 상황을 볼게요. 우리야 언제건 시내가 정상화되면 일을 해야 하잖아요? 특히 시내버스는 가장 먼저 움직여야 하니까요."

"알았다, 알았어. 암튼 내 말 명심하고, 아무리 군인들이 없어도 길거리에 나가서 구경하지 마라. 재수 없으면 죽는다!"

"알았으니까, 걱정하지 마세요!"

작은아버지는 오히려 이 도시를 빠져나가야 할 늙은 어머니가 걱정이다. 지금은 모든 대중교통이 먹통이다. 그런 눈빛을 본 할머니가 걱정하지 말라고 목소리를 높였다.

"이럴 때일수록 돈이 최고다. 돈이면 안 되는 것이 없어. 돈 준다는디, 택시가 안 가겠냐? 평소보다 열 배, 스무 배 준다는디, 안 가겠냐고? 육이오 때도 그랬다. 그래서 돈 있는 놈들은 살아남고, 없는 놈들만 죽었지. 그건 왜정시대도 마찬가지였고. 만만하고 없는 놈들만 탄광이나 전쟁터로 끌려가서 죽었고, 있는 놈들은 끌려가지도 않았응께."

노인은 주먹을 꽉 쥐고 있다. 두둑하게 돈을 마련해 왔으니까, 걱정할 게 없다는 자신감의 표현이다. 한평생 돈의 절대적인 힘을 믿고 살아온 사람만이 지어 낼 수 있는 눈빛이다.

"민수야, 너도 같이 가거라. 여기 있어 봤자, 할 일도 없고, 지금은 공부도 안 될 것이고, 시골에 가서 일이나 도와주고 와라."

순간적으로 작은아버지가 민수를 쳐다봤다. 민수는 엉거주춤 고개를 끄덕이다가 할머니 눈치를 살폈다.

"오, 그래. 같이 가자. 나랑 같이 가면 괜찮을 것이다."

할머니도 흔쾌하게 허락했다. 민수는 다락방으로 올라가서 가방을 챙겨 왔다. 그런데 분위기가 이상했다. 작은아버지가 민수 눈을 슬그머니 피했다.

할머니가 화장실에서 나오더니 민수를 보고 애써 웃었다.

"서운하다 생각 마라. 민수야, 아무리 생각해 봐도…… 너는 너무 크고 그래서 겁난다. 호동이야 워낙 작응께 중학생이라고 할 수 있제만, 넌 너무 커서야. 군인들 만나면, 무조건 죽는다! 괜히 남의 자식 데리고 가다가 책임질 수 없는 상황이 된다면……, 맘 같아서는 같이 가고 싶다만, 세상이 하도 험해서 그런다. 지금은 육이오 때보다 더 험해야. 그러니 돌아다니지 말고 집에 있거라. 엄마한테는 잘 말할 텡께, 절대 밖에 돌아다니지 말거라."

민수는 어색하게 가방을 뒤로 감추면서 알았다고 고개를 끄덕였다. 참으로 묘한 순간이다. 괜히 서운했다.

호동이가 교복 차림으로 나가다가 민수를 보았다.

"형, 미안해. 나만 가서."

미안하다는 말이 민수 가슴으로 무겁게 가라앉았다. 죽을

곳에 남겨진 것도 아닌데, 왜 자꾸 미안하다고 하는지 모르겠다. 그런 눈빛이 더 부담스럽다. 민수는 묘한 외로움을 느꼈다.

수건을 쓰고 싶다

이상하게도 민수는 우울했다. 한낮에도 호동이 방에서 뒹굴수 있는 자유가 오히려 우울 지수를 더 자극했다. 이곳에 고립되었다는 외로움이 자꾸만 민수를 흔들어 댔다.

시민군이 총으로 무장하자 하늘에서 삐라를 뿌리던 헬기들이 사라졌다. 대신 잠자리 비행기가 총알이 달려들지 못할 만큼 높은 곳에서 삐라를 뿌리면서 소리쳤다.

"폭도들은 물러가라! 폭도들은 자폭하라! 광주 시민 여러분, 이성을 되찾고 어서 가정으로 돌아가십시오. 여러분은 불순분자들에게 속고 있습니다!"

하늘을 울리는 여자 목소리는 유독 날카로웠다.

광주가 해방되었다고 소리치던 여자 목소리도 귀에서 윙윙거렸다.

그 목소리들이 민수 머릿속에서 격렬하게 충돌했다.

민수는 라디오에 연결된 이어폰을 귀로 연결했다. 문화방송, KBS, 전일방송, 기독교 방송, 모든 주파수를 찾아서 다이얼을 돌렸다. 광주를 모항으로 두고 있는 방송국들은 전혀 전파를 출항시키지 못하고 있었다. 한참 이곳저곳 주파수를 찾아다니다가 북한방송이 나오자 얼른 다이얼을 돌렸다. 북한방송은 늘 게릴라처럼 나왔다. 어떤 날은 문화방송 근처에서 나오다가 KBS나 기독교방송 근처에서 나오기도 했다. 그렇게 수시로 바뀌었다.

민수는 평소 잘 듣지 않던 군산 서해방송 주파수에다 다이얼을 맞췄다. 라디오에서 잡히는 방송국 주파수는 그것뿐이다.

서해방송에서는 장송곡에 가까운 무거운 클래식 음악이 나오고 있다.

음악이 끝나자마자 여자 아나운서 목소리가 고막을 찔렀다.

"폭도들은 물러가라! 폭도들은 자폭하라! 폭도들은 항복하라! 광주 시민 여러분, 여러분 이제 이성을 되찾고 어서 가정으로 돌아가십시오, 여러분들은, 북한 간첩의 선동에 속고 있습니다!"

잠자리 비행기에서 흘러나오는 소리랑 똑같다.

민수는 라디오를 껐다. 라디오에서 그런 소리가 흘러나오다니! 그러니까 지금 모든 상황은 상상하지 못했던 일이다. 현실에서는 일어날 수 없는 일이다.

이 모든 상황이 가장행렬이라고 상상했다. 군용트럭을 비롯하여 장갑차까지도 가장행렬에 동원되었다. 그뿐이 아니다. 이제 잠자리 비행기와 군산 서해방송까지도 가장행렬을 돕고 있다. 민수는 그렇게 상상했다. 그래야만 이 비현실적인 시간 속에서 아무렇지도 않은 듯 걸어 다닐 수 있었다.

• • •

다음날 오전이다. 아침밥을 먹자마자 작은아버지와 작은어머니가 외출했다. 딱히 어디에 간다는 말도 없었다. 혼자 뒹굴던 민수도 집을 나섰다. 버스 종점까지 다녀올 생각이다.

골목 끝에서 시래가 자전거를 타고 오다가 민수를 보고는 반갑게 손을 흔들었다.

"민수야! 너도 도청에 가려고 나왔냐?"

민수는 그 말뜻을 이해하지 못하고 멍하니 서 있었다.

대학 정문 앞으로 많은 사람들이 열을 지어 걸어가고 있다. 옆집 할아버지도 보였다. 사람들은 구호가 적힌 푯말을 들고 소리쳤다.

"광주 시민들, 모두가 일어서자!"

"계엄군은 광주 시민들에게 사과하고 물러가라!"

시래랑 민수도 그 대열 꼬리에 붙어서 어정어정 따라갔다.

"지금, 이분들이 다 도청으로 가는 거야. 계엄군이 도청에서 물러났대. 그래서 시민들이 도청 앞에 모여, 광주 시민궐기대회를 한대. 우리도 가 보자."

사실 민수는 궐기대회라는 단어조차 제대로 해독이 되지 않아, 그것을 얼마나 되씹었는지 모른다. 그렇게 궐기대회라는 단어도 낯설고, 저런 할아버지 할머니들이 모여서 도청으로 가는 모습도 낯설다. 노인들은 대학생도 아니다. 시위대도 아니다.

골목 골목에서 열을 지어 나온 행렬은 큰 도로로 이어졌다.

왼쪽으로 달리면 서울로 가는 고속도로하고 만나고, 오른쪽으로 가면 민수네 학교가 나온다.

"누나, 그래도 좀 무섭다. 가도 될까?"

"야, 괜찮아."

"계엄군이 탱크라도 몰고 오면……."

"이제 탱크가 와도 소용없어. 저 시민들을 봐라. 길가에다 솥단지를 걸고 밥을 하고, 주먹밥을 만들고……."

민수도 큰길가에다 가마솥을 걸쳐 놓고 밥하는 사람들을 보고 있다. 고향 집 마당도 아니고, 이런 도시 큰길가에서 가마솥을 걸어 놓고 장작불을 때고 있다니! 이게 말이나 되는가.

밥 냄새가 코를 찌른다. 밥 냄새가 묘하게 마음을 든든하게 해 준다. 수천 년간 인간의 살이 되어 준 밥 냄새가 스며들수록 편안해진다. 이제는 계엄군이 와도, 설령 탱크가 들이닥친다고 해도, 어쩌면 비행기가 폭격한다고 해도 밥 냄새를 당해 내지 못할 것이다.

각 동에서 모여 큰길가로 행진해 온 사람들 행렬이 점점 불어났다.

"도청으로 갑시다!"

"도청으로 모이자! 그래야 우리가 이긴다!"

"광주 시민 만세!"

버스와 트럭들이 그런 사람들을 도청으로 실어 나르고 있다.

· · ·

민수는 그냥 걸어가는 게 좋았다. 만약 버스를 탄다면 그 이질적인 차 냄새로 괴로워할 것이다. 그런 생각만으로도 멀미하는 기분이다. 그러다가도 가마솥을 걸고 주먹밥을 만들어 주는 사람들 옆으로만 가면 마음이 편안했다.

시민들이 오고 가는 차에다 온갖 먹거리를 넣어 주고 있다. 지나가는 사람도 얻어먹을 수 있었다.

민수는 주먹밥을 오물오물 씹었다. 보름달 모양인 카스텔라 빵도 얻었다. 너무 비싼 빵이라 조금씩 오래오래 베어 먹었다. 고급스러운 단맛이 뼈를 타고 팍팍한 건빵을 씹어 대던 어린 시절까지 흘러갔다.

"민수야, 박카스도 얻었다!"

"난 박카스 싫어. 멀미약이랑 냄새가 비슷해서."

"아이구, 차랑 친해지지 않으면 도시에서 살기 힘든데……, 차를 타지 않고서는 도시에서 살 수가 없잖아?"

"점점 나아지겠지, 뭐. 누나, 근데 지금 우리 눈앞에 펼쳐진 것은 모두 비현실적이잖아? 어떻게 저런 일이 벌어져? 봐, 우리 시골에서 마을 잔치하는 것 같잖아? 길에다 솥단지 걸고 밥하고, 국수 삶고……."

"하긴 그렇다. 난 들에서 일하다가 새참 먹는 풍경이 떠오른다. 새참 먹다가 누군가 근처에서 보이면 무조건 부르잖아. 와서 뭐 좀 먹고 가라고, 심지어 우체부나 다른 마을 사람들도 부르잖아?"

민수는 고개를 끄덕이면서, 눈에 보이는 풍경을 빠르게 스케치하듯이 훑어보았다. 봐도 봐도 비현실적이다. 어떻게 이런 일이 벌어질 수 있을까. 이런 진실이 전국적으로 알려졌으면 좋겠다.

"민수야, 난 구멍가게 할머니가 빵을 한 아름 안고 와서 시민군 차에다 실어 주는 게 감동이다. 그러면서도 이해가 되지 않아. 가난한 사람들이잖아? 근데 아낌없이 다 내놓고 있어. 네 말처럼, 비현실적인 시간이 지금 흐르고 있구나! 모든 게 꿈만 같아."

· · ·

민수는 가로수가 부러져 있거나 보도블록에 물든 핏자국이 보이면 천천히 자전거를 세웠다. 그곳에서 누군가 죽었을 수도 있다는 숙연함으로 가슴이 고요해진다. 계엄군은 물러갔다. 그렇다고 시위대에게 총을 쏘아 대던 모든 시간까지 끌고 간 것은 아니다. 길거리 곳곳에는 아직도 불에 탄 각종 차들이 방치된 채 그 고통스러운 시간을 보여 주고 있다.

시래는 자전거에서 내려 천천히 걸어갔다. 민수는 그 뒤를 따라가면서 시민군이 탄 차를 바라다보았다. 수건으로 머리를 감싸고 총을 든 사람들이 유독 눈에 들어왔다. 이상하게도 수건을 쓴 사람들만 또렷했다.

마을 사람들은 일할 때마다 수건을 둘러썼다. 수건이란 친근하다. 힘들 때는 벗어서 땀을 닦고, 햇살이 쏟아지면 그것으로 얼굴을 가린다.

민수는 상여꾼이 되어 본 적이 있었다. 중학교 1학년 때였다. 마을에 청년들이 사라지자 키가 큰 민수도 소집이 되어 상여꾼이 된 것이다. 그때 마을 어른이 만가를 가르쳐 주면서 수건으로 머리를 묶어 주었다. 그러자 어린 취급이 사라지고 비로소 다른 상여꾼들이랑 평등해진 느낌이었다. 수건을 동여매자 술을 마신 듯 입안이 트이고, 걸걸해지고, 용기가 생기고, 두려움도 사라졌다.

수건이란 민수에게 그런 존재였다.

저 시민군들도 그래서 수건을 동여맸는지 모른다.

민수는 수건 때문인지 상여를 메고도 무섭지 않았다.

시민군들도 저 수건 때문에 두렵지 않을 것이다. 저 수건은 서로를 의지하게 된다. 그래서 일할 때는 모두 다 수건을 쓴다. 너무너무 힘들면 슬그머니 수건을 벗어 얼굴을 닦고, 한동안 자기 표정을 그 속에다 숨기면서 쉴 수 있다.

수건은 희망을 갖게 한다. 올해 농사가 잘되면 자식들 더 가르칠 수 있다는 힘을 준다.

수건은 울음이 나올 때 슬픔을 감싸 준다. 울음이 나오면 사람들은 수건으로 꾹꾹 누르고 닦으면 묘한 위로를 받는다. 수건이란 그런 존재다.

갑자기 민수는 수건이 쓰고 싶다.

그때 눈앞에서 '간첩 자수 및 신고 기간'이라는 현수막이 요란하게 펄럭였다. 그와 동시에 민수가 "으악!" 하고 쓰러졌다. 민수는 뼈가 부서지는 고통을 느끼면서 굴렀다. 길에 패여 있는 웅덩이를 보지 못한 것이다.

시래가 놀라면서 다가왔다. 민수는 눈살을 찌푸리면서 일어나다가 웅덩이 속으로 눈길을 주었다. 뭔가 반짝거렸다. 탄피, 총알을 뱉어 내고 남은 껍데기였다. 민수는 저도 모르게 그것을 집었다.

죽음에 대한 기억

"괜찮니?"

민수는 대답하지 않고 자전거에 올랐다. 오른쪽 발목이 아프기는 해도 견딜만 했다. 이런 적이 한두 번이 아니니까, 시간이 지나면 저절로 낫겠지 하고 웅얼거렸다. 그래도 페달에다 힘을 줄 때마다 뼛속을 찌르는 아픔으로 저도 모르게 눈을 깜박였다.

"넌, 어떻게 생각하니?"

민수는 시래의 물음에 대답하지 못했다. 어떤 맥락에서 그런 질문을 했는지 전혀 파악하지 못했다.

시래의 깊은 한숨 소리가 민수 등뼈로 스며들었다.

"시민군으로 총을 들고 있는 저 학생들 말야, 내 눈에는 민수 너보다 더 어려 보여. 전쟁 무기인 총을 든 저 학생들을 보니까, 너무 참참해. 총은 어른들이 들어야 하는 게 아닌가?"

그제야 민수는 지나가는 시민군 차량에 탄 사람들을 유심히 보았다. 버스건 트럭이건 교련복 차림의 학생들을 쉽게 볼 수 있다.

"부러워."

민수 입에서 그런 말이 흘러나왔다.

"뜻밖이다. 난 무섭다고 할 줄 알았는데……."

"지금은 그래. 쟤들은, 적어도 당당한 것 같애. 자기들이 살아가는 것에 대해서, 저렇게 시민군이 되어서 총을 든 것에 대해서. 난 자신 없어. 난 지금 사는 거 같지도 않거든. 그냥 그림자 같아. 살아서 피가 흐르는 게 아니라, 어떤 껍데기 같다고나 할까. 아직 여기 광주에서 살고 있다는 사실이 믿어지지 않을 때도 있어. 아스팔트를 밟고 다녀도 그것이 잘 느껴지지 않을 때도 있어. 난 아직도 그래. 그래서 쟤들이 부럽다고 한 거야. 내 말이 이해될지 모르겠지만……."

민수 목소리는 점점 작아졌다.

"네가 아직 도시에 적응하지 못해서 그럴 거야. 어쨌든 저 학생들이 죽으면 그 누구도 감당할 수 없을 만큼 아깝잖아? 어른들이 죽어도 슬프겠지만, 너처럼 어린 학생들이 죽으면 그건 감당이 안 되는 거야. 그래서 그래. 난 저 학생들이 총을 들지 말았으면 좋겠어."

민수는 그 어떤 대꾸도 하지 못했다. 그냥 페달만 밟았다. 외국 기자들을 태우고 다니는 지프차를 보면 저도 모르게 자전거를 세웠다.

시민들은 그들이 나타나면 무조건 박수를 쳤다. 뭔가 해방된 것처럼.

그 박수에는 언론을 향한 분노가 섞여 있다. 그 어떤 언론도 진실을 말하지 않으니까. 어쩌면 그런 바람으로 시민들이 도청으로 모여들고 있는지도 모른다. 한곳에 모여서, 모두 힘을 합쳐 거대한 메아리를 만들어야 하기 때문이다. 서울까지 날아갈 수 있는, 아니 일본이나 중국, 미국까지도 날아갈 수 있는 메아리를 만들어야 하기 때문이다. 무서운 무기로 중무장한 계엄군이라 해도 메아리는 사살할 수 없을 테니까.

도청으로, 도청으로 모여드는 사람들 눈빛을 보니 성지순례에 나선 사람들 같다. 워낙 거리가 북새통이라서 자전거를 끌고는 더 이상 접근할 수 없다. 민수는 어느 골목 분식집 앞에다 자전거를 세우고 자물쇠를 채웠다. "사나이로 태어나서 할 일도 많다만, 너와 나 나라 지키는 영광에 살았다." 오래전부터 귀에 익은 '진짜 사나이'라는 노래가 울려 퍼졌다.

민수는 초등학교 운동회 때마다 기마전을 하면서 그 노래를 불렀다. 왜 그런 노래를 어린이들에게 강요했을까. 그 노래는 군인들이나 목 터지게 불러야 한다. 그건 어린이들하고 아무런 상관이 없다. 알 수 없는 일이다. "전투와 전투 속에 맺어진 전우야!" 지금은 운동회도 아닌데 모두가 그 노래를 불렀다. 어린아이도 부르고, 학생들도 부르고, 청년들, 어른들, 남자 여자 가리지 않는다.

민수는 시래한테 왜 이 노래를 따라 하냐고 물어보려다가 참았다. 기분이 묘하다. 이 노래가 지금 상황에 맞는 것 같기도 하고, 아닌 것 같기도 하다. 노래는 이내 동요로 바뀌었다.

"나의 살던 고향은 꽃 피는 산골, 복숭아꽃 살구꽃 아기 진달래……." 모르겠다. 이 순례의 행진에 '고향의 봄'이라는 동요가 어떤 의미를 갖는지, 왜 숙연해지면서 저 노래를 따라 부르는지, 왜 갑자기 울컥해지는지.

동요가 끝나자 애국가를 부르기 시작했다. "동해 물과 백두산이 마르고 닳도록……." 시래의 손이 가슴으로 올라갔다. 민수도 엉거주춤 손을 들어 올리다가 슬그머니 내렸다. 애국가만 나오면 거의 복종하듯이 움직이는 게 싫다. 그런 맹목적인 버릇이 싫다.

지겨운 애국 조회가 떠올랐다. 학교에서는 매주 월요일 아침마다 애국 조회를 해야만, 뜨거운 뙤약볕 아래서 교장 선생님의 지겨운 훈시를 들어야만 새로운 한 주가 시작된다. 그때마다 형식적으로 애국가를 불렀다. 민수는 한 번도 그 노래가 가슴에 와 닿은 적이 없다. 애국가로 시작해서 애국가로 마무리하는 텔레비전 방송 시스템도 지겹다. 애국가란 그렇게 형식적인 노래였다.

민수는 애써 노래를 부르지 않으려고 입에다 힘을 주었다. 묘한 일이다. 그런데도 가슴이 뭉클하다. 이런 적은 처음이다. 애국 조회 때처럼 음악 선생님이 구령대에 나와서 지휘를 하는 것도 아니다. 그냥 다들 멋대로 부른다. 음정은 낮고 높고, 느리고 빠르고, 때론 가사도 틀리고, 1절과 2절을 혼동해서 부르기도 하고. 누군가는 하늘을 우러르면서 울음 섞인 목소리로 박자를 맞추고, 누군가는 진짜 사나이를 부르듯 군가풍으로 힘차게 토해 냈다. 애국가란 이렇게 멋대로 불러야만 감동이 있구나!

민수는 처음으로 그 가락이 아리랑이랑 비슷하다고 생각했다. 그 노래에는 이 나라 모든 사람들 마음을 흔들 수 있는 주술적인 선율이 있었다. 이제부터는 애국가를 진심으로 불러야지, 그런 다짐을 해 본다.

얼마나 순례객이 모였는지 모른다. 수만, 수십만, 수백만도 넘을까. 이렇게 많은 눈빛이 진실을 염원하고 있으니 이제 세상은 달라질 것이다. 외국 기자도 보이니까, 진실이 온 세상으로 퍼져 나갈 것이다. 순례객들은 자기 염원을 외치고 또 외쳤다. 그때마다 메아리가 허공으로 날아갔다. 그렇게 메아리가 날아가는 곳으로 잠자리 비행기가 들이닥쳤다. 잠자리 비행기에서 도발적인 여자 목소리가 흘러나온다.

"폭도들은 물러가라! 광주 시민 여러분, 여러분은 지금 폭도들에게 속고 있습니다!"

흥분한 시민군들이 허공으로 총을 쏘아 대자, 나이 든 사람들이 총을 든 시민군을 달랬다. 우리가 저 비행기를 쫓아 버릴 테니까, 걱정하지 말라고. 그러니까 더 이상 총을 쏘지 말라고.

민수는 사람들 입에서 나온 메아리가 저 잠자리 비행기에서 흘러나오는 여자의 목소리를 다운시키는 상상을 하려고 애를 썼다.

네에, 잠자리 비행기 선수! 지금 막 원투 스트레이트를 퍼붓고 있습니다. 시민들 메아리 선수, 그것을 피하면서 레프트 라이트 훅, 어퍼컷······.

민수는 그렇게 중얼거리자 마음이 편해진다.

• • •

정신을 차려 보니 상무관에 와 있다.

민수는 향냄새를 좋아하지 않는다. 그것은 죽음의 냄새다.

아버지 죽음이 떠올랐다. 한밤중이었다. 갑자기 어머니 통곡 소리가 잠을 깨웠다. 어머니 몸이 깨져 나가는 듯한 소리였다. 안방 아랫목에 아버지가 눈을 감고 있었다. 방에는 마을 어른 들이 와 있었다. 민수의 가슴에서는 울음 한 톨 깨어나지 않았 다. 그만큼 아버지 죽음이 와 닿지 않았다.

다음날 마을 할머니들이 민수 몸에다 상복을 입혔다. 민수는 혼자서 조문객을 받아 냈다. 아버지는 꽁꽁 묶인 채 안방 윗목 으로 옮겨졌고, 그 앞에 파랑새가 파닥이는 병풍이 막아섰다. 병풍 앞에는 아버지 영정사진이 놓이고 향불이 타올랐다. 그때 부터 민수는 병풍과 향불만 보면 죽음의 냄새가 느껴졌다. 민 수는 아버지가 관 속으로 사라질 때도, 흙 속으로 관이 사라질 때도 울음 한 점 토해 내지 못했다.

그런데 제삿날이 되어 병풍과 향불이 살아나자, 이상하게도 아버지 냄새가 강해지면서 견딜 수 없었다. 민수는 첫 번째 아 버지 제삿날 온몸이 깨져 나가듯 울었다. 어찌나 울음소리가 심각했던지 어머니는 제대로 슬픔을 토해 낼 수 없었다.

도청 건너편에 있는 상무관 강당 안은 유독 어두웠다. 전등 이 있어도 침침했다. 그래선지 향냄새는 더 강렬했다. 그곳을 빠져 나가지 못한 울음과 지금 막 터져 나오는 울음이 섞여 묘한 공포심을 유발하고 있다. 그제야 민수는 정신을 차리고 벽을 쳐다본다. 수많은 벽보가 붙어 있다. 행방불명된 자식들과 친인척을 찾는 애절한 글씨들이 고물거린다.

태극기로 싸여 있는 관이 보였다. 순간 정신이 멍했다. 아, 태극기를 저런 용도로도 쓸 수 있구나! 태극기는 그냥 펄럭이는 줄만 알았는데, 맹목적인 애국주의를 강요하는 줄만 알았는데, 죽은 자들을 안아 주고 있다. 태극기란 저런 것이었구나! 그 깃발은 국가라는 거대한 우주를 상징하지만, 저렇게 개인 개인의 죽음을 위로해 주는 따뜻한 힘을 갖고 있었다. 그래야 존재할 수 있구나! 태극기는 민수가 평소 생각하는 깃발의 의미를 넘어서는 영적인 힘을 갖고 있었다.

뚜껑이 열려 있는 관도 있다. 하얀 종이로 죽은 자들을 살짝 가려 놓았을 뿐이다.

어쩌다가 여기까지 온 거지?

민수는 당황하면서 자신에게 물어본다. 바로 옆에 시래가 있다.

시래는 어느 관 앞에서 아예 주저앉아 훌쩍거린다. 죽은 사람이 교복 입은 채 누워 있다. 여고생이다.

민수는 얼른 눈을 돌렸다. 코도 막았다. 피 냄새인지, 고름 냄새인지, 역한 비린내가 코를 찌른다.

"누나, 아는 사람이야?"

민수가 간신히 시래에게 속삭였다. 다시 죽은 자의 얼굴을 볼 자신이 없었다. 얼핏 눈에 들어온 그 모습이, 너무도 끔찍해서…… 아!

시래는 대답하지 않았다. 소리 없이 울어 댈 뿐. 둑이 터지듯 쏟아지는 것을 안간힘 다해서 억제해 내는 울음이랄까.

시래는 연분홍빛 손수건으로 눈을 꾹꾹 누르면서 일어나더니, 무작정 민수 손을 잡아끌었다. 순간 어머니가 떠올랐다. 그때 대학 정문 앞에서 계엄군들이 택시 운전사랑 승객을 마구 짓밟을 때, 어머니도 무작정 민수 손을 잡아끌었다. 어떤 절대자의 거역할 수 없는 힘 같았다. 그런 힘이 시래한테서도 느껴졌다.

"더 이상 볼 수 없어."

시래의 걸음은 더 빨라졌다.

"숨도 쉴 수 없어."

시래는 자전거가 있는 곳까지 와서야 길바닥에 주저앉았다.

거기서 한 시간이 넘도록 울어 댔다. 그러더니 불쑥 민수를 쳐다봤다.

"넌 죽음에 대해서 어떻게 생각하니?"

"병풍이랑 향냄새만 떠오르고, 아버지가 상여가……."

민수는 순간적으로 떠오르는 기억을 끄집어 내다가 멈칫했다. 아버지 상여 뒤로, 굳이 상여라고도 할 수 없는 작은 꽃수레가 떠올랐다. 상여꽃으로 치장된 그 작은 상여 수레가.

아, 그랬구나! 민수는 자기 머리를 툭 쳤다. 왜 순식이를 잊고 있었을까.

• • •

순식이는 민수가 전라도 함평으로 이사 왔을 때 가장 먼저 다가와 준 친구였다. 민수는 순식이한테 새로운 곳에서 살아가는 법을 배웠다. 친구를 대하는 법, 일하는 법 등을. 그러니 금방 친해졌다. 온갖 속엣말도 다 했다. 하루라도 서로 보지 않으면 기분이 우울했다. 그런 사이였다.

6학년 여름이었다. 민수는 마을 앞으로 흐르는 시냇물 가장 깊은 물속으로 잠수했다가 사라져 버렸다. 민수가 3백까지 세어도, 5백까지, 또다시 백까지 세다가, 지나가는 어른에게 소리쳤다.

"수, 순식이가 물속에서 나오지 않아요!"

어른들이 몰려왔다. 오후 내내 물속을 뒤졌다. 해질 무렵 순식이는 물에서 얼굴을 내밀었다. 순식이 아버지가 축 늘어진 자식을 업고 달려갔다. 순식이 엉덩이에서 설익은 물똥이 흘러내렸다. 병원에 갔을 때는 이미 어린 혼불이 꺼져버린 뒤였다. 땅거미가 질 즈음, 순식이 아버지는 급하게 상여꽃 몇 송이를 꽂은 손수레를 끌고 어이어이 산모퉁이로 사라졌다.

다음 다음 날, 민수는 친구들과 함께 순식이 무덤을 찾아 나섰다.

깊은 골짜기 길가에 순식이 무덤이 있었다. 삼각형으로 놓여 있는 돌멩이 사이에 각시풀이라고 부르는 그늘사초 한 포기가 심어져 있었다. 그것이 아이 무덤 표식이었다. 민수는 꽃을 꺾어 무덤 앞에 놓고 절을 하다가 엉엉 울었다. 다른 친구들도 울었다. 매미 소리랑 비슷했다.

시래는 한동안 민수 말을 듣다가 천천히 등을 토닥여 주었다.

"나도 기억난다. 순식이 아버지랑 몇몇 어른들이 상여수레 끌고 가던 날, 그날 참 많은 새들이 울어 대는데, 새들은 아이 죽음을 아는구나! 난 그렇게 생각했다. 그랬지, 그때……."

그리고 또 한참을 그렇게 침묵하다가 허공으로 눈길을 주었다.

"우리 언니도, 그 여학생처럼 교복 차림으로 죽었어. 벌써 9년 전이다. 내가 고등학교 1학년 때니까. 한 살 많은 언니랑 나는 학교를 같이 다녔어. 우리 아버지는 어렸을 때부터 딸은 둘 중 하나만 고등학교에 보낸다고 했어. 위로 오빠 둘이 있는데, 다 대학 보냈거든. 그니까 여유가 없었던 거야. 아버지는 우리 둘 중 하나는 도시로 보내고, 하나는 시골에 남아서 살아야 한다고 했어. 난 그 말을 들을 때마다, 시골에 남게 될까 봐 얼마나 긴장했는지 몰라. 어떻게 해서든 언니를 이기려고 했고, 실제로 공부를 언니보다 잘했어. 결국 내가 광주로 가게 되었고, 언니는 시골에 남았지. 당초 아버지는 언니를 고등학교에 보낼 생각이 없었어. 근데 어머니가 우겨서 시골 학교에 다니면서 집안일을 돕고 살았어. 여름방학이 끝나 갈 무렵 언니한테 편지가 한 통 왔고, 그게 유서였어. 물론 나에 대한 원망 같은 말은 없었지만, 공부하려고 하면 아버지가 못 하게 하고, 때론 때리고……. 그러다가 아버지가 언니 책을 다 불태우고 더 이상 학교에 다니지 말라고 하자……, 극단적인 선택을 한 거야. 그 충격으로 아버지도 화병으로 돌아가시고……, 날마다 언니가 꿈에 나오는 거야. 난 언니한테서 도망치려고 서울로 갔어. 그래도 소용없더라. 그때 무채 도움이 컸어. 무채가 의외로 생각이 깊어."

시래가 잠깐 말을 멈췄다.

"난 누나한테 언니가 있었다는 것도 첨 알았어."

민수가 일부러 또박또박 말했다.

시래가 불쑥 "실없는 놈!" 하고 웃었다.

"무채 말야, 가끔은 황당한 짓도 하지. 작년에도 그랬잖아? 음악방송에 홍무정이라는 여자 이름으로 펜팔을 신청해서, 전국 수많은 농촌 총각들을 울리고 말야. 내가 그런 짓 하지 말라고 했는데……, 하여튼 그것이 무채 매력이기도 해. 진지할 땐 한없이 진지하다가도 또 어떨 땐 어처구니없게 허술하고 장난스럽고 그렇지. 어려서는 너무 장난꾸러기에다, 또 너무 가벼운 것 같고 그래서 별로 좋아하지 않았는데, 살다 보니 다른 면을 갖고 있다는 걸 안 거야. 난 무채가 농촌에서 살겠다고 한 것을 높게 평가해. 언뜻 무채 생각이 현실에다 뿌리내리지 못한 것처럼 보이지만, 난 자기만의 이상을 갖고, 자기만의 꿈을 갖고 사는 것을 긍정적으로 봐. 그래야 사는 맛이 있잖아? 난 무채의 그런 긍정적인 에너지가 좋았어. 게다가 노래도 잘하고, 자연을 좋아하잖아? 그래서 고등학교 때부터 친해졌어. 언니가 죽자마자 학교를 그만두고 자꾸 어디론가 도망치려고 했는데, 그때마다 무채가 찾아와서 언니로부터 도망치지 말라고 했어. 네 책임도 아닌데 왜 도망치려고 하냐고? 그래서 시골로 간 거야. 언니가 잊힐 때까지, 언니 옆에서 살겠다고 한 거야. 난 꼭 대학에 가고 싶었어. 무채는 대학이야 좀 늦게 가도 상관없다고 했고, 죽은 언니로부터 내가 자유롭게 되었을 때 공부를 해도 늦지 않는다고 했어. 그래서 지금까지 시골에서 살았던 거야. 그러다가 올 초에, 꿈에 언니가 환하게 웃는 얼굴로 나타나서 막 손을 흔들어 주는데, 이제 떠나도 되겠구나! 그러면서 고속버스 안내양 시작한 거야. 돈 모아서 대학 가려고……"

"누나, 진짜 몰랐어. 누나한테 그런 아픔이 있는 줄은……."

"넌 전학 왔잖아? 난 너희 아버지 장례식 때도 생생하게 기억나. 영정사진을 든 어린 너를 보면서, 마을 사람들이 얼마나 안타까워했는지 몰라. 상여가 멀어진 뒤, 너희 아버지 분신 같은 옷을 태우는 너희 어머니를 보고서도……. 그때, 너희 어머니는 상여를 끝까지 따라가지 않았어. 사람들이 말렸거든."

민수 머릿속에는 아버지 장례식 장면들이 너무도 생생하게 움직였다. 예전에는 그런 장면들이 떠오를 때마다 잊으려고 애를 썼다. 그래야 견딜 수 있었다. 언제나 그런 기억으로부터 자유로워질까. 아버지 죽음으로부터. 살아 있는 한 그럴 수는 없을 거라고 생각했는데.

"근데 지금……, 조금은 편안하다. 누나, 나 이렇게 오랫동안 아버지 죽음을 떠올린 적이 없어. 근데 괜찮아. 내가 많이 큰 건가?"

"민수야, 나도 그래. 진짜 살아 있는 한 언니 죽음으로부터 자유롭지 못할 것 같았는데……, 이렇게 너한테 말하잖아? 나도 무채만 아니었으면 죽었을 거야. 언니가 죽고, 몇 번이나 극단적인 선택을 할 뻔했으니까."

민수는 저도 모르게 시래 손을 꼭 잡았다. 그냥 그러고 싶었다. 그러면서 시래가 살아 있다는 사실이 이상하게도 고마워지는데, 왜 그렇게도 맑은 연두색 실버들이 떠오르는지 모르겠다.

10

시민군과 담배 피우는 어머니

늦잠을 잤다. 이 집에 온 뒤로 처음이다. 민수는 눈을 뜨자마자 9시가 넘었다는 사실을 알고 벌떡 일어났다. 호동이 작은어머니는 건강한 치아를 드러내면서 환하게 웃는다.

"괜찮아. 푹 자. 이럴 때 늦잠 자지 언제 자겠어."

어제보다 발목 통증이 훨씬 더 깊어졌다. 안티푸라민을 바르면 순간적으로 통증이 물러났다가 조금이라도 움직이면 마치 보복하듯이 더 쑤셨다. 그래서 몸이 더 오랫동안 누워 있기를 원했을 것이다.

민수는 밥을 먹자마자 다시 누웠다.

눈을 감자 어제 길거리에서 주웠던 탄피가 생각났다. 민수는 책가방을 열어 휴지에 싸인 탄피를 확인했다. 막상 그것을 보자 겁이 났다. 그것을 왜 가져왔을까. 눈에 보여서, 호기심 때문에 호주머니에다 집어넣었다고 치자. 그래도 집까지 가져와서는 안 될 물건이다.

어쩌면 어린 시절 그리움 때문인지도 모른다. 파주에서 살 때는 탄피도 아이들의 놀잇감이었다. 그것을 주머니에다 넣고 다니다가 군인들에게 보여 줘도 누구 하나 무섭게 타박하지 않았다.

민수랑 가장 친했던 이웃집 아이는 자기만의 보물창고에 탄피가 가득했다. 일반 소총 탄피를 비롯하여 각종 기관총 탄피까지. 심지어 포탄 탄피도 자랑스럽게 보여 주었다. 그 꼬마 연금술사는 탄피를 자르기도 하고, 망치로 때려서 자기 맘대로 주물럭거렸다. 그러다 보면 반지가 되고, 목걸이가 되고, 장난감 자전거 바퀴가 되고, 호랑이나 새가 되기도 했다.

아버지가 고물상인데도 민수는 탄피를 만져 보지 못했다. 아버지는 고물을 집에 가져오지 않았다. 늘 동업자 집에다 두고 왔다. 민수는 그게 아쉬웠다.

군 사격장으로 쓰이는 산에 가서도 민수 눈에는 탄피가 들어오지 않았다. 그때마다 민수는 탄피를 잘 줍는 그 꼬마 연금술사가 부러웠다. 민수는 그 마을을 떠날 때까지 탄피를 자르고, 문지르고, 반짝반짝 빛나게 하는 황홀한 연금술의 흉내도 내지 못했다.

그런 기억 때문이었을 것이다, 은연중에 탄피를 집어 호주머니에다 넣었던 것은. 그래도 지금은 위험한 물건이다. 만약 호주머니에다 그것을 넣고 다니다가 계엄군에게 발각된다면 무조건 총살되는 세상이다. 민수는 밖에 나가면 적당한 곳에다 버려야겠다고 생각하면서 탄피를 가방에다 넣었다.

• • •

민수는 다시 발에다 안티푸라민을 바르고 밖으로 나가서 계단에 앉았다. 라디오를 틀었다가 그악스럽게 폭도들은 물러가라고 소리치는 아나운서 목소리가 들리자 꺼 버렸다. 한동안 가만히 멍 때리고 있다가, 낯익은 실루엣이 보이자 머리를 툭 쳤다. 세상에나, 어머니가 아래층 대문으로 들어서고 있었다.

"민수야!"

어머니가 민수를 알아보고는 소리쳤다. 그래도 민수는 반응하지 않았다. 며칠 전에 올라왔다가 "오매, 오매에에, 이런 환장할 놈의 세상! 내가 정신 차려야제, 내가 지금 미쳤다냐? 자식 잡아먹고 싶어서 미쳤다냐!" 그렇게 탄식하면서 시골로 내려갔던 어머니가 바로 눈앞에 있었다. 이런 상황을 어떻게 받아들여야 할까.

어머니가 계단으로 올라와서 민수의 어깨를 툭 쳤다. 왜 보고도 인사도 하지 않냐는 타박이다. 민수는 그래도 인사하지 않았다.

"아니 왜 또 올라오셨어요? 지금이 얼마나 위험한데 왜 또 오셨냐고요?"

그래서는 안 되는 줄 알지만, 버럭 짜증이 났다.

어머니는 깊은 한숨을 내쉬었다. 자주색 몸뻬 바지에다 까만색 신발을 신고, 웃옷만 꽃무늬가 새겨진 연분홍색 외출복 차림이다.

호동이 작은어머니가 어머니를 보고 종종걸음으로 나와서 반겼다.

"아이고, 또 오셨네요?"

"어이, 그렇게 됐네. 미안하네, 자꾸 찾아와서."

호동이 할머니가 마을에 가자마자 어머니에게 민수에 대한 이야기를 심각하게 풀어놓았다. 겁도 없이 시위 차량을 따라다닌다고. 그래서 같이 데려오려고 했는데, 민수가 너무 커서, 혹시 군인들 눈에 띄면 무슨 사고가 날까 봐 두고 왔다고.

"그 말을 듣자마자 가슴이 벌렁벌렁하고 살 수가 있어야제. 이놈의 자식아, 엄마가 그렇게 말했는디도 속없이 시위대를 따라다니냔 말여!"

"엄마, 시위 차량 따라다닌 거 아냐! 호동이랑 같이 잠깐 버스 종점에 갔을 뿐이야!"

민수가 변명할수록 어머니는 분노지수가 높아졌다. 그거나, 그거나 똑같다는 뜻이다. 민수는 입과 손이 있어도 더 이상 아무것도 설명할 수 없는 상태였다.

어머니는 호동이 작은아버지를 보면서 크게 한숨을 내쉬었다.

"오죽했으면 다시 왔겠는가. 지금 광주에다 자식을 두고 있는 사람들 마음은 다 똑같다네. 어제는 민수 아빠 산소까지 찾아갔다네. 거기 가서, 당신은 자유롭게 움직일 수 있응께, 당신이 날아가서 자식을 잘 보살펴 달라고 얼마나 부탁했는지 모르네. 난 일찌감치 아들 둘을 잃었네."

죽은 아들 이야기는 어머니가 쉽게 끄집어내는 말이 아니었다.

민수는 침을 꼴깍 삼킨다. 침이 가시처럼 속살을 찌른다.

원래 민수 밑으로 남동생이 둘이나 있었다. 둘 다 세 돌을 넘기지 못했다. 병이었다. 어머니는 너무도 가난해서 병원조차 가보지 못하고 떠나보낸 자식들 생각만 하면, 숨이 턱 막혔다. 그래도 어미 노릇을 포기할 수 없었던 것은 남아 있는 자식 때문이다.

민수는 동생들 어린 눈빛을 기억하지 못했다. 그러니 그들에 대한 그리움의 무게도 느끼지 못하지만, 그들 몫까지 살아가야 한다는 무게가 느껴지면서 휘청거린 적이 많았다. 여러 사람 몫을 살아간다는 것은 부담스러운 일이다. 그만큼 어머니에게도 잘해야 하고, 그만큼 더 훌륭한 사람이 되어야 하고, 그만큼 남들보다 더 열심히 살아야 하고, 뭐든지.

"그래서 오늘 새벽에 집을 나선 것이네. 지난번보다 더 서둘러서 나섰제."

민수는 어머니 말을 들을 때마다, 어머니가 집을 나서는 장면들이 자연스럽게 떠올랐다.

· · ·

아직 해가 잠에서 깨지 않았으니까, 세상은 여전히 캄캄한 하늘의 시간이다. 어머니는 부랴부랴 잠을 털어 내고는 집을 나섰다. 이번에는 무슨 일이 있더라도 아들을 데리고 오겠다고 어금니에다 힘을 모았다. 어떤 중대한 결정을 할 때마다 어머니 힘은 그렇게 어금니로 집결했다가 사방으로 퍼져나간다. 어머니는 캄캄한 어둠이 오히려 편했다. 괜히 마을 사람들과 마주치고 싶지 않다.

지금 마을은 무채에 대한 소문으로 바글바글 끓고 있다. 아랫마을에 사는 누군가 입에서 무채가 시민군 버스를 운전하고 다닌다는 말이 나왔다. 그 말을 들은 소천 할머니는, 누가 대체 그런 말을 했냐고 버럭 화를 냈다. 무채는 택시만 운전했기 때문에 버스는 몰지 못한다고 하고는, 그런 허무맹랑한 소문을 퍼트린 사람을 당장 찾아가서 따지겠다고 악을 썼다. 몇몇 사람들이 그 말에 동조했다. 맞다. 택시를 운전하는 사람이 어떻게 버스를 운전하겠는가. 그리고 무채는 순하고 착해서 절대 그런 짓을 하지 않을 것이라고 소천 할머니를 위로했다. 물론 아무런 근거가 없는 말이다. 순하고 착해서 그런 짓을 하지 않는다는 말은 더더욱 근거가 없었다. 그래도 마을 사람들은 그 말을 믿으려고 했다.

무채에 대한 소문은 계속 들이닥쳤다. 읍내 약국집 아들 입에서 무채에 대한 소문이 터져 나왔고, 어제는 면 소재지에 사는 농약 판매상 아들 입에서도 그런 소문이 흘러나왔다. 그때부터 소문은 걷잡을 수 없이 세포분열 했다. 급기야 총에 맞았다는 소문까지 돌았다고 어머니가 말했다.

민수는 더 이상 어머니 말을 듣지 않으려고 고개를 흔들었다.

"총에 맞았다니! 엄마, 그건 다 헛소문이야!"

며칠 전에 시래랑 같이 무채를 만났다는 말도 덧붙였다.

"맞아요. 우리 집에도 왔었어요."

작은어머니 말에 어머니는 잠깐 주춤했다.

어머니는 다시 민수를 보더니 낮은 목소리로 말했다.

"헛소문이라면 다행이제. 시골에서 고생하는 늙은 어매를 생각해서라도 그러면 안 되제."

어머니는 덩굴처럼 계속 흘러나오는 말을 애써 잘라 내면서, 어서 가자고 민수에게 다그친다.

민수는 급하게 짐을 챙겼다. 책가방을 정리하다가 불쑥 손에 잡힌 탄피에 놀라서 얼른 움켜쥐었다. 방안에는 혼자뿐이다. 그래도 사방을 두리번거렸다. 탄피란 그런 물건이다. 민수는 책상 밑에서 호동이 가방을 끄집어내고, 가장 깊숙한 곳 장판 밑에다 숨겼다. 그래도 마음이 놓이지 않았다. 이번에는 천장을 보았다. 책상 위 맨 구석진 곳 천장에 손톱 크기 구멍이 보였다. 거기다 탄피를 밀어 넣었다. 다시 방에 앉으니까, 그것도 불안하다.

안방에서 어머니 목소리가 끊임없이 흘러나온다.

· · ·

엊그제 나를 태우고 송정리까지 갔던 그 택시 운전사를 다시 찾아 갔는디, 이 양반이 고개를 흔들어 버리네. 아무리 돈을 얹어 준다고 해도 마다하네. 엊그제하고 지금은 상황이 다르다면서, 지금은 계엄군이 시 외곽으로 밀려나서 광주로 가는 길가에 숨어 있다가, 차만 오면 총을 쏜담시로…… "아짐, 죄송하요, 죄송하요." 그 말만 해 대니……, 어쩔 것인가? 그냥 걸어서 가야제.

그렇게 한 십 리쯤 갔을 것이네. 시위대 버스가 오데. 나도 모르게 손을 흔들었제. 왜 그랬는지는 몰라도. 아이고 시위대 버스를 보는 순간 온몸이 저리고 어찌나 겁이 나든지……, 그 놈의 것이 어디 성한 데가 없드만. 창문은 다 깨져 있고, 사방이 총구멍으로…… 근디 어리디 어린 것들이 총을 들고…… 그런 것들이 총을 들고…… 참 환장하겠데. 창문으로 총을 든 우리 또래 남자가 "어디까지 가시오?"하길래 송정리까지 간다 했더니, "탓씨요!" 하드라고. 근디 나도 모르게 고개를 흔들어 버렸네. "내가 차멀미가 심해서 그렁께, 고맙지만 그만 가씨요."

난 차멀미를 하지 않는다네. 민수가 차멀미하는 것은, 아빠 내력을 꼭 닮은 거시어. 난 잘했다고 가슴을 토닥였네. 차를 타면 안 될 것 같았어. 그 사람들이랑 한통속이라는 표시가, 내 몸 어딘가에 새겨질 것만 같아서 말이네. 요즘 사람들은 이해 못 하겠지만 우리처럼 전쟁을 겪은 사람은 어쩔 수 없다네.

어쨌든 정신을 가다듬고 한참 가다 보니 경운기가 사람들을 가득 태우고 오드만. 장날도 아닌디 이상하다 하고 봤드만 다들 나랑 비슷한 사람들이어. 손을 흔들었더니 태워줬어. 다들 나처럼 광주에 있는 자식을 데리러 가는 사람들이었네. 다 같은 사연이라 금방 친하게 말동무하면서 가는디, 비행기에서 "폭도들은 물러가라!" 하고 여자 목소리가 울리는 거시어. 아따 목소리가 무섭드만. 그리고 조금 뒤에 대통령 목소리가 들렸다네.

"광주 시민 여러분, 대통령 최규하입니다……."

나는 진짜 대통령이 저 비행기에 타고 있구나 생각했는디, 그것이 아니라 녹음된 것을 틀어 주는 것이라네! 대통령이 겁쟁이라 광주에는 오지도 못하고, 비겁하게 군인들 있는 상무대로 가 버렸다고 누가 말하데. 대통령이라면 당당하게 광주로 가서 시민들이랑 대화를 했어야 한다고!

오랜만에 경운기에서 들에 심어진 이른 모를 보고, 보리밭도 보고, 딸기밭도 보고, 장다리꽃도 보았네. 손발에 달라붙어 있던 일을 놓고, 자식 핑계로 이렇게 바람처럼 가다 보니 그런 것들이 눈에 들어 오드만. 허물어져 가는 집도 보이고, 오래된 전

봇대, 강물, 들꽃도. 그런 것들을 눈에다, 마음에다 담았네. 어쩌다가 그런 것조차 건성건성 보고 사는 지…… 임진강 근처에서 살다가…… 전라도로 온 뒤…… 남편이 죽고…… 아, 그런 것들조차 마음에다 담을 시간조차 없었지.

• • •

민수는 가만히 어머니 말을 들었다.

새삼 어머니라는 사람의 근원을 생각하게 되었다.

자신을 낳아 준 사람이다. 신성불가침한 절대적인 영역이다.

어머니는 늘 지금의 모습이었다. 어머니는 저런 모습으로 태어난 것만 같았다. 그러니까 어머니한테는 아기의 시간, 들꽃이나 이슬을 보고도 아름답다고 눈망울을 굴리던 어린 소녀의 시간은 존재하지 않았을 것이라고, 황당한 생각을 했는지도 모른다.

어처구니없게도 처음으로 어머니라는 여자가 실재적으로 느껴졌다. 벌써 두 아들과 남편을 잃은 한 여자의 애절한 서사시가. 아련했다. 안쓰러웠다. 애절했다. 슬펐다. 얼마나 외로웠을까. 얼마나 많은 울음을 홀로 삭였을까.

그런 생각을 하다 보니, 손에 든 탄피가 어디로 갔는지 모르겠다.

"아직도 안 나오고, 뭣하냐?"

어머니가 불렀다. 민수는 당황하면서 가방을 뒤지고, 옆에 있는 호동이 가방까지 뒤졌다. 멍하니 어머니 말을 듣는 사이, 그놈의 탄피가 어디론가 숨어 버렸다. 가방에서는 동글동글한 안티푸라민과 건전지가 굴러 나오고, 지우개랑 볼펜도 나오고, 동전도 보였지만 탄피는 찾을 수 없었다.

· · ·

어머니는 단호하게 교복을 강요했다. 시민군 차에서 교련복 차림 학생들을 봤으니, 이제 교련복은 계엄군들에게도 표적이라는 표현까지 했다. 교련복이나 교복이나 뭐가 달라? 민수는 그 말을 하려다가 꾹 참았다. 순간 상무관에 안치된 관 속에서 보았던 교복 차림 여학생 아른거린다. 어머니한테 그 말을 한다면 아마도 놀라서 교복마저 입지 못하게 할 것이다. 그렇다면 입고 갈 옷이 없다. 이런 난리 통에 교련복이나 교복을 외면한다는 것은 더욱 위험한 일이다. 그나마 교련복이나 교복을 믿어야만 하는 상황이다.

골목을 나오자 어머니가 불쑥 시래한테 가자고 말했다. 뜻밖이다.

불쑥 나타난 어머니를 보고 시래가 놀라는 것은 당연한 일이다. 그러면서도 어머니 손을 꼭 잡고 방안으로 반갑게 끌어들였다. 어머니는 방안을 몇 번이나 두리번거린다. 방안에는 책이 많고, 벽에는 온갖 마른 꽃들이 걸려 있다.

풀꽃을 보면 한 줌 꺾어서 말리는 것이 시래의 취미다. 시래의 방에는 늘 마른 풀냄새가 났다. 다소 퇴색하기는 했어도 마른 풀꽃들은 그 근원적인 모습을 유지하고 있는데, 방바닥에 누워서 볼 때 더욱 또렷해지면서 환상적인 분위기를 자아낸다. "누나, 왜 풀꽃을 말려?" 언젠가 그렇게 물은 적이 있다. 그때 시래는 이렇게 대답했다. "그냥 나만의 방식으로 풀꽃들을 모셔 놓고, 더 오래 같이하고 싶어서. 이렇게 말려 놓으면 풀꽃의 다른 모습까지도 보이거든. 풀꽃들 각자의 모든 시간이 다 보여. 아주 오래된 시간부터 지금 살아가는 모습까지도.

하나의 씨앗에서 시작하여 줄기를 내밀고, 꽃을 피우고, 열매를 맺고, 그렇게 살아가는 단순하면서 진실한 삶의 시간이 느껴져. 나도 그렇게 살고 싶어서, 그래서……." 물론 민수는 그말을 이해할 수 없었다. 다만 시래의 깊은 뜻을 그냥 존중해 주고 싶었다.

어머니도 마른 꽃을 오래오래 쳐다보더니 환하게 웃었다.

"저런 잡초도 말려 놓으니까 이쁘구먼. 저것은 개망초고, 저것은 돼지감자, 저것은 고마리……. 참, 날마다 쳐다보면서도 이쁘다는 생각을 못 했는디……, 여간 보기 좋네. 앞으로도 쭉 이렇게 살아야 써. 사실 사는 형편이 문제가 아니라 이렇게 살고자 하는 마음이 중요한디, 난 언제부턴지 주변을 챙기고 가꾸는 것에 대해서는 다 포기해 버렸거든."

시골에서 살 때, 어머니랑 시래는 제법 죽이 잘 맞는 사이였다. 어머니는 품앗이가 필요하면 늘 시래를 일꾼으로 모셨다. 그건 시래도 마찬가지다. 시래는 늙은 어머니하고 살아서, 모든 농사에 대한 작전을 직접 짰다.

"어젯밤에 어매가 와서 시래 걱정을 하드만. 혹시 광주 가면 우리 딸도 같이 데리고 와 달라고. 그래서 온 것이네."

시래는 더 말하지 않아도 다 안다는 눈빛으로 고개를 끄덕인다.

"저는 괜찮아요. 그니까 엄마한테 말 잘해 주세요."

어머니는 알았다고 고개를 끄덕였다. 어머니와 시래 사이에는 민수가 알 수 없는 굳건한 신뢰가 구축되어 있었다. 오랫동안 서로를 보아 오고, 같이 땀 냄새를 맡아 가면서 일하고, 가끔은 누구에게도 함부로 말할 수 없는 속마음을 열어 보이면서 생겨난 신뢰였다.

시래가 필요할 때 쓰라고 어머니한테 돈을 내밀었다. 어머니는 당황하면서 손을 흔들다가 마지못해 그 돈을 받아들였다. 그런 다음 시래를 꼭 안아 준다. 참 묘한 사이다. 얼핏 보기에는 한마을에 사는 인생 선후배 같지만, 서로 시간을 초월하여 사는 친구라고나 할까. 어머니 눈빛에서 그런 느낌이 강하게 풍겼다.

"광주로 오는 길마다 군인들이 다 막았을 텐데, 어떻게 오셨어요? 지금은 나이 든 사람들이라고 안심하고 다닐 때가 아니에요. 아무리 자식 때문이라고 하지만, 너무 무모하고 위험한 길을 오신 거예요."

어머니도 그 말을 부정하지 않았다. 그리고는 한 손으로 가습을 누르고 나서야, 조금 전에 호동이 작은아버지 앞에서 풀어놓았던 말들을 다시 되풀이했다.

• • •

"경운기에 탄 어떤 사람이 짐 있으면 다 버리라고 하드만. 특히 자식들 옷 있으면 무조건 버리라고. 계엄군이 그런 것 보면 다 잡아 간다네. 난 다행히 그런 것이 없었지만, 자식들 속옷 챙겨 가던 사람들은 보따리를 그냥 경운기에다 두고 내렸어."

어머니는 송정리에서 광주로 이어진 큰길을 따라 어정어정 걸었다. 광주 비행장 근처가 다가오자 계엄군들이 많아졌다. 탱크도 보였다. 계엄군을 보자, 며칠 전 대학 정문 앞에서 지나가던 택시를 세우던 군인들이 떠올랐다. 어머니는 우뚝 서 버렸다. 그곳을 통과할 자신이 없었다. 그렇다고 돌아갈 수도 없었다. 죽은 남편을 떠올리면서 기도했다. 그러면서 다가갔다. 계엄군이 어머니를 막아섰다. 총구가 가슴을 조준했다. 어머니는 슬그머니 몸을 비틀었다.

"어디 가십니까?"

"광주라."

"안 됩니다. 지금은 갈 수 없습니다."

"친정아버지 제사 모시러 가요."

순간적으로 어머니 입에서 튀어나온 거짓말이다.

계엄군은 그 말에도 전혀 눈빛을 거둬들이지 않았다. 순간 어머니는 시위대 차량을 타고 오지 않은 것이 얼마나 다행인지 모른다고 발가락을 꼼지락거렸다. 만약 그걸 타고 왔더라면 계엄군이 자기들만이 알고 있는 표식으로 판별한 다음, 당장 끌고 갔을지도 모른다. 어머니는 그런 생각이 달아오르자 다시금 어금니에다 힘을 모았다. 어디 쏠 테면 쏘라고 노려보면서 몇 걸음 앞으로 나갔다. 그러자 또 다른 군인이 총으로 가로막았다.

"안 됩니다. 돌아가십시오."

총을 보자 어머니는 냉정해졌다. 총을 당해 낼 수는 없다.

"결국 허탈하게 돌아서 가다가 보니까 멀리 들이 보이드만. 논이 보이는 거시어. 순간 힘이 났어. 우린 논두렁의 힘을 알잖아? 논두렁은 좁아서 혼자서만 가야지 둘이 나란히 걸어가기는 힘들어. 가까이 가 보니까, 모가 심어져 있드만. 순간 안심했어. 말랑말랑한 논에 심어진 어린 모들이 군인들을 못 오게 할 테니까, 논에 들어서는 순간 군인들 발이 푹푹 빠져서 허우적 거릴 거시어. 아무리 강한 군인들이라고 해도 말랑말랑하고 부드러운 논바닥을 이길 수는 없을 것잉께. 그래서 논두렁을 타고 온 거시어."

· · ·

"민수야, 잘됐다. 시골에 가서 푹 쉬다가 와라. 나중에 무채랑 같이 무등산에 한 번 가자."

민수는 그런 시래를 두고 가는 것이 왠지 미안했다. 왜 그런 기분인지 알 수 없다. 그제야 호동이가 할머니를 따라나서면서 자꾸만 미안하다고 한 마음을 조금은 알 것 같다. 이 도시를 떠난다는 것은, 이 도시에 남겨진 사람들에게는 미안한 일이다. 이 도시에 남는다는 것은, 언제 어느 때 불행의 볼모가 될 수 있다는 위험을 안고 살아야 한다는 뜻이니까. 그 공포심을 민수는 잘 알고 있다.

"너 다리는 좀 어떠냐?"

막 집을 나설 때, 시래가 민수 다리를 쳐다보았다. 민수는 괜찮다고 하면서 억지로 웃었다. 왼쪽 발목 복숭아뼈 주위로 파랗게 멍울이 물들고 제법 심각하게 부어오른 상태다. 그것을 보면 어머니는 많이 놀랄 것이다.

"오매, 다리 다쳤냐?"

어머니가 물음에, 시래가 먼저 대답했다.

"아, 어제 저랑 같이 동네서 자전거 타다가 넘어졌어요. 진짜 괜찮지?"

"그래, 괜찮아."

민수는 아무렇지도 않은 척 걸어갔다. 그때마다 세상에서 가장 날카로운 유리 파편을 밟고 가는 기분이다.

어머니는 많이 걸어갈 각오를 하라고 하면서 걱정스러운 눈빛을 감추지 못했다.

민수는 걸으면 걸을수록 통증이 심해졌다. 어느 순간부턴지 저도 모르게 절룩거렸다. 그럴수록 민수는 빠르게 걸었다. 그래야만 아픔을 덜 느꼈다 민수가 다니는 학교 앞 사거리가 보였다. 시내에서 송정리 쪽으로 쭉 뻗은 넓은 도로 언덕 위에는 계엄군 탱크들이 포진해 있다. 언덕 좌측에는 국군통합병원과 보안부대가 있다.

근처 목재소에서 가져온 통나무들이 계엄군과 시민군 사이에서 엉성하게 뒹굴고 있었다.

"아이고, 어째야 쓸꼬! 세상 물정 전혀 모르는 아이들이 보더라도 뻔한 것인디……."

어머니가 민수에게 귀엣말에 가깝게 읊조렸다.

"탱크들이 밀고 오면, 차에 깔린 거시기만이로…… 아이고 어째야 쓸고!"

갑자기 어머니가 시민군 앞으로 걸어간다.

민수는 어머니를 부르려다가 멍하니 바라다보았다. 통나무 앞에 쪼그려 앉아 있던 시민군들이 일제히 어머니를 쳐다본다. 어머니보다 나이 든 사람도 있고, 호동이 작은아버지 또래도 있고, 무채 또래도 있고, 민수 또래도 보인다. 옷차림도 제각각이다. 저마다 머리에다 뭔가를 쓰고 있다. 수건을 쓴 아저씨, 예비군 모자를 쓴 아저씨, 오토바이 헬멧을 쓴 청년……, 이상한 것은 그들이 낯설지 않다는 사실이다. 어디서 보았을까. 군복차림이 아니라 일상의 옷을 입고 총을 든 사람들을 보았을 리가 없다. 그런데도 어디선가 본 것만 같으니, 참 모를 일이다.

어머니는 통나무 앞에 엎드려 있던 시민군 앞으로 곧장 질러간다. 어머니랑 또래가 비슷해 보인다. 예비군 바지에다 짙은 청색 셔츠 차림이다. 며칠간 면도를 하지 못했는지 턱수염이 유독 짙다.

"여보쑈, 어서 일어나서 집에 가씨요. 내가 저 탱크를 잘 아요. 내가 경기도 파주에서 살았어라. 날마다 탱크 보면서 살았어라. 저것이 집도 깔아뭉개는 것도 봤고, 차를 깔아뭉개는 것을 봤고……, 못 이겨라. 요런 막대기 같은 총으로는 못 이긴단 말요. 목숨만 아까우니까, 어서 집에 가씨요!"

민수가 아는 어머니는 어떤 일에 적극적으로 나서는 사람이 아니다. 민수는 그런 어머니 유전자를 물려받았다. 그래서 눈앞에 있는 어머니가 한없이 낯설다. 그러면서도 어머니를 말리고 싶지 않았다. 어머니 말이 진심이라는 것을 누구보다 잘 알기 때문이다.

탱크하고 맞서는 행위가 잘못된 게 아니라 이길 수가 없으니까, 일단 피하고 다른 방법을 모색하자는 뜻이다. 어머니만의 방식으로 이 싸움의 해법을 제시한 셈이다.

시민군은 진심으로 어머니에게 고맙다고 했다. 꽁초 하나가 그 사람 앞에 뒹굴고 있다. 시민군이 그걸 집어 입으로 가져갔다.

순간 어머니가 민수한테 무슨 말을 하려다가 왔던 길로 되돌아갔다.

30여 분 만에 나타난 어머니는 담배 한 보루를 안고 있다.

어머니가 직접 담배 한 개비를 살려 내서 그 시민군에게 건네주었다. 어머니도 담배를 물었다. 어머니가 담배를 피우셨나? 민수가 갸우뚱하는 사이 두 사람은 나란히 연기를 내뿜었다.

"아주머니, 고맙습니다. 우리도 압니다. 저 탱크를 이길 수 없다는 것을……, 어차피 우리는 죽게 되겠지요. 그래도 좋습니다. 절망을 삼키면서 독재의 노예가 되어 사느니, 자유인으로 죽는 것이 훨씬 값진 일입니다."

시민군 눈빛은 민수가 짐작조차 할 수 없는 어떤 세상을 바라다보고 있었다. 어머니는 그 어떤 말도 끄집어내지 않았다.

심지어 한숨도 감추고, 절망의 무게로 가득 찬 눈빛까지도 감추려고 자꾸만 고개를 돌렸다. 그렇게 두 사람이 당신들 생을 돌아다보면서 불러내는 침묵이란, 주변에 움직이는 것들을 순간적으로 멈추게 하는 힘이 있었다. 민수 눈에는 그렇게 보였다.

그 힘이 풀리자, 어머니가 천천히 몸을 일으킨다.

"그래도 죽어 불면 아무 소용이 없습니다. 마루 밑에 뒹구는 신발보다 더 소용없습니다. 길에서 밟히는 풀 한 포기보다 더 소용없습니다."

어머니 말을 듣다 보니, 민수는 순간적으로 아버지 얼굴이 아른거린다. 민수는 마구 얼굴을 흔들어 댔다. 어머니가 말한 마루 밑에 있는 먼지 낀 신발과 길가에 밟히는 질경이 같은 풀들이 아버지 얼굴이랑 겹쳐진다.

"그러니 한사코 살아야 쓰요. 살아야 진짜 싸울 수 있어라. 살아야 오래오래 버티면서 싸울 수 있어라. 버티는 것이 이기는 것 아니요?"

"아주머니, 시인이시네! 고맙습니다. 잊지 않겠습니다."

시민군이 웃는다.

어머니는 웃지 않는다.

시민군 이마에서 출렁거리던 시간의 주름이 담배 연기를 깊게 깊게 빨아들인다.

11
아무 데도 갈 곳이 없는 도시

그날 밤 시래가 찾아왔다. 당연히 민수를 보기 위해서 온 게 아니다. 시래는 호동이 작은아버지를 만나러 왔다가 민수를 보고 깜짝 놀랐다.

"너 엄마랑 같이 시골에 간 걸로 아는데, 이게 어떻게 된 거야?"

민수는 대답 대신 살그머니 눈을 감았다.

시민군과 헤어진 어머니는 걸음을 다그쳤다. 그러다가 아까시 꽃이 떨어지는 골목 앞에서 걸음을 멈추고는 멍하니 허공을 쳐다봤다.

"이제부터는 정신 차려야 써."

이 고난의 행군이 얼마나 위험한 길인지 어머니는 누구보다도 잘 알고 있다. 계엄군을 만나면 위험할 수도 있다. 어머니는 숙명처럼 떨어지는 꽃들을 보면서 새삼 당신의 정신을 무장시켰다.

어머니는 골목에서 사소한 개짖음만 울려도 지체없이 돌아섰다. 그때마다 민수 다리는 더 심하게 흔들렸다.

"오매, 안 되겠어, 안 되겠어."

어머니는 깊은 한숨과 함께 고개를 흔들었다.

민수는 괜찮다고 하면서 은연중에 찌푸려지는 얼굴을 감추지 못했다. 점점 걸음이 느려졌다.

"이리 와 봐라."

어머니가 민수 양말을 벗긴다. 파란 멍울이 발등 전체를 점령한 상태였다.

"염병하네, 염병해! 아이 아프면 아프다가 말하제, 이런 발로…… 아이고오! 엄마 혼자 가야쓰것다. 요런 다리로는 여기 잿등도 못 넘고 탈이 나것다. 요런 다리로는 어디 싸돌아다닐 수도 없을 것이고! 그러니 안심하고 갈 수 있겠다만, 침이라도 맞아야 할 것 같은디……. ”

어머니가 호주머니에서 돈을 끄집어낸다. 이 집 저 집 품 일 다니면서 모아 놓은 돈이고, 텃밭에서 부추나 열무 따위를 베어다가 팔아서 아껴 놓은 돈이다. 어떤 돈이든 어머니 살냄새가 짙게 묻어 있을 것이다. 왈칵 눈물이 날 뻔했다.

“엄마, 죄송해요. 성적이 좋지 않아서…….”

민수는 저도 모르게 말했다. 무심코 성적이라는 말까지 튀어나오자 오히려 후련하다.

“괜찮다. 니 몸이 더 중요해. 너무 신경 쓰지 마라. 자칫 몸 망가지니까, 안티푸라민 자주 발라 주고, 계란이라도 사다가 멍든 발을 문질러야 한다! 절대 무리하면 안 돼야!”

딱 거기까지였다. 어머니는 더 이상 말을 하지 않았다.

• • •

시래는 2층으로 올라오는 계단 맨 끝에 앉았다. 그곳에 앉으면 바람이 가장 시원하고, 골목으로 오고 가는 풍경들도 가장 고요하게 눈에 들어온다.

"민수야, 미안하다. 나 때문에 다리 다쳐서 시골도 못 가고."

민수는 계단 철제난간을 잡고 앉으며 고개를 흔들었다.

"그게 왜 누나 때문이야? 그런 말 하지 마. 그건 그렇고, 무채 형 소식 알아? 시골에 소문이 다 퍼졌대."

민수 목소리는 겨우 상대 귀에 들릴 정도로 낮다. 그에 비해 시래 목소리는 전혀 주위를 의식하지 않았다.

"난 무채를 믿어. 무채가 시민군 버스를 몰고 다닌다면, 그것이 옳다고 생각했기 때문일 거야. 나 오늘 세 번이나 시민군 버스를 탔다. 나도 모르게 무채 생각이 나서…… 혹시 버스를 운전할 수도 있겠다는 생각이 들어서……."

"형 봤어?"

"못 봤어. 어쩜 시외로 빠져나갔는지도 몰라. 차라리 그게 더 나을지도 몰라. 지금 시내 분위기가 안 좋아. 도청 앞 궐기대회 인원도 점점 줄어들고, 계엄군이 다시 쳐들어오는 것도 시간문제야. 그래서 여기 온 거야. 오빠한테 지금 상황이 어떤지 듣고 싶어서. 나도 잘 모르거든. 아무래도 오빠가 나보다는 더 잘 알 거야."

집에서 호동이 작은아버지가 시래를 불렀다. 민수는 그 자리에서 움직이지 않았다. 더 이상 총소리도 들리지 않았다. 그런 적막감이 민수를 더욱 불안하게 했다. 탱크 앞에서 밤을 세우는 그 시민군 얼굴이 떠올랐다. 어머니 목소리도 되살아났다. "탱크들이 밀고 오면, 차에 깔린 거시기만이로⋯⋯." 그 시민군도 어머니 말속에 들어 있는 거시기가 무슨 뜻인지 잘 알 것이다. 민수는 개구리가 떠오르자 얼른 고개를 흔들었다.

호주머니에서 라디오를 끄집어내서 틀었다. 잡음이 심했다. 여전히 군산 서해방송 주파수만 잡혔다. 오늘도 정규방송을 중단한 서해방송에서는 여자 아나운서가 폭도들을 물러가라고 쩌렁쩌렁 소리치고 있다. 얼마나 쇳덩어리를 씹어먹었으면 저런 목소리가 나올까. 새삼 그런 생각이 들었다. 아, 답답하다. 미치겠다. 왜 다른 지역에서 출항하는 전파는 잡히지 않는 걸까.

민수는 애써 무채를 떠올렸다. 마음속에서 무채가 기타 치면서 흥얼거리던 온갖 노래들이 꿈틀거린다.

• • •

또 하루가 지났다. 학교에 가지 않으니, 무슨 요일인지도 알 수 없다. 그런데도 시간의 무게가 더 절실하게 느껴진다. 휴교령이 내려진 날부터, 그 모든 시간들이 민수 어깨에 쌓이고 있다.

밥상머리에서 호동이 작은아버지가 민수한테 어디에 가 있을 데 없냐고 물었다.

민수는 무슨 뜻인지 몰라서 대답하지 않았다.

"아무래도, 우리도 시골에 가야 할 모양이다. 이제 출근하는 것도 아니고, 여기 있다가는 무슨 일을 당할지도 모르고……, 여기는 숨 쉬고 있다고 해서 살아 있는 것이 아니니까. 문제는 니가 걱정이다. 우리가 가면 너 혼자 여기 있어야 하는디……."

그제야 민수는 가 있을 곳을 알아보겠다고 대답했다. 같은 반 아이들을, 희미한 그들을 안간힘을 다해서 떠올렸다. 입학하고 벌써 석 달이 지나고 있다. 그런데도 아직까지 편하게 이야기를 주고받는 친구가 없다. 잠깐 짝꿍이 떠올랐다가 사라졌다. 이 도시에서 민수가 도움을 청할 만한 사람은 아무도 없다. 희미하게 무채 얼굴이 떠오를 뿐.

민수는 시래를 찾아갔다. 오전 11시쯤이다. 민수는 시래한테 자전거를 빌릴 수 없냐고 물었다. 시래는 놀란 눈빛으로 쳐다본다.

"왜? 너 다리 아파서 탈 수나 있어?"

"자전거는 괜찮아. 자전거 타고 시골에 가게."

시래가 얼른 말을 하지 못했다. 시골에 가져가는 것은 장기간 자전거를 빌린다는 뜻이다. 그러니 주인아저씨한테 빌려 달라는 부탁을 하기가 쉽지 않은 게 당연하다.

"호동이 작은아버지도 시골에 가신대. 내가 발이 아프지 않으면 같이 갈 텐데, 그렇다고 다른 집에 있을 데도 없고 해서……, 난 걸어서는 갈 수 없잖아? 근데 자전거가 있으면 가능해."

민수 말을 들은 시래가 주인집에 갔다가 오더니 담담하게 말했다. 솔직하게 모든 상황을 이야기했더니, 지금 그것보다 더 중요한 게 있냐고 하면서 당장 가져가라고 했다. 그런데도 시래 얼굴이 밝지 않다.

"지금 계엄군이 시내를 포위하고 있어서, 시외로 나가는 것이 힘들다고 하더라. 주인집 아저씨가 그것을 걱정하더라. 자전거 때문에 더 쉽게 계엄군 눈에 띌 것이라고."

"알아. 그래도 어쩔 수 없어."

민수는 무조건 이 도시를 떠나야만 한다.

시래도 민수를 잡지 못했다.

"민수 네가 내 동생 같은 건 맞지만, 아무리 생각해 봐도 우리 집에서는 힘들 것 같고⋯⋯ 알지, 내 맘? 그게 그래. 지금 내 맘이 그렇다."

순간 민수는 시래 눈빛을 피했다. 갑자기 묘한 기분, 어떤 알 수 없는 감정을 느꼈다. 시래 몸에서 풍기는 향수 냄새까지도 이상하게 느껴졌다. 민수는 벽에 걸린 마른 꽃들만 보았다.

"널 이대로 보내는 것도 불안하고, 그렇다고⋯⋯, 참 우리 방이 조금만 커도⋯⋯ , 커튼으로 칸막이라도 하고 그러겠는데⋯⋯ ."

민수는 시래한테 신세지겠다는 생각을 단 1초도 품은 적이 없다. 설령 시래가 그런 제안을 해도 받아들이지 않았을 것이다. 분명 시래는 편하다. 그러나 한방에서 같은 시간을 공유한다는 것은 또 다른 차원의 문제였다. 민수는 그럴 자신이 없다.

· · ·

민수는 버스 종점으로 자전거를 끌고 갔다. 얼마 전에 박찬희 선수의 권투시합을 보았던 슈퍼마켓을 지나갈 때다. 바로 앞에서 무채가 뚜벅뚜벅 걸어왔다.

민수는 이게 꿈이어도 좋다고 생각했다.

"형, 무채 형!"

민수가 무채를 먼저 끌어안았다. 이렇게 누군가를 안아보기란, 이렇게 가슴과 가슴을 느껴보기란 아마 처음이었을 거다. 그렇다. 민수는 돌아가신 아버지한테도 안겨 본 기억이 없다. 물론 어머니 가슴에 푹 빠져든 기억도 없다. 어쩌면 기억하지 못할 수도 있다. 하지만 기억하지 못하는 시간이란, 철저하게 기억에 의지해서 살아가는 인간에게는 별 소용이 없지 않은가.

민수는 무채 가슴에다 마구 얼굴을 비벼 댔다.

"형, 나 너무 힘들어요!"

"민수야, 지금은 누구라도 다 힘들어. 광주 사람들 중에서 힘들지 않은 사람이 있겠냐?"

"형, 그게 아니라 저 친구 하나 못 사귈 정도로 학교생활이 힘들고, 성적도……."

민수는 자기 자신을 이해할 수 없다. 지금 이런 상황에서 그런 말이 튀어나오다니! 무채의 건강부터 물어야 하지 않는가. 괜찮냐고, 어디 다친 곳은 없냐고. 그런데 자기 의지하고 상관없이 가슴 속에 있는 말부터 터져 나왔다. 심지어 마구 어리광을 부리고 싶다.

무채는 눈을 크게 뜨고 놀란 눈빛으로 쳐다본다.

"그러고 보니 진짜 얼굴이 안 좋네! 아이고, 너 입학한 뒤로 한 번도 보지 못했구나. 뭐가 그리 바쁜지, 내가 이런 것 때문에 도시에서 살고 싶지 않았는데…… 암튼 민수야 미안하다. 처음이라 도시 생활이 힘들 거야. 학교생활도 엄청 빡빡할 테니까 당연히 힘들겠지. 조금 지나면 괜찮아질 거야. 지금은 형이 긴 이야기는 할 수 없고, 조만간에 보자. 그때 이야기하자. 형이 지금은 차가 빵꾸 나서 잠깐 쉬고 있는 거야."

그제야 민수 눈에 시민군 버스가 눈에 들어왔다. 종점 정비소에서 버스를 수리하는 중이다. 근처에 있던 시민군들이 하나 둘씩 올라 탔다. 누군가 운전사를 불렀다. 무채가 알았다고 하고는 천천히 민수를 밀어냈다.

"민수야, 형은 걱정마라. 버스가 의외로 안전해. 내가 택시랑 트럭도 몰아 봤지만, 버스가 가장 안전한 것 같아. 내 직장동료 두 명이 총에 맞아 죽었다. 가장 친한 사람들이었어. 시위도 하지 않았는데……. 그냥 손님을 태우고 가다가 총에 맞아서…… 그래서……. 민수야, 나중에 편안하게 이야기하자."

민수는 무채를 믿는다는 말을 꼭 하고 싶었다. 그런데 엉뚱한 말이 튀어나오는 순간, 아무리 자기 몸이라고 해도 맘대로 통제할 수 없다는 것을 깨달았다.

"형, 시래 누나가 많이 걱정하고 있어."

무채가 당황한 눈빛을 감추려고 손으로 얼굴을 문질렀다.

"아, 그래그래 알고 있다. 조만간 시간 내서 찾아갈게."

무채는 그 말을 남기고 버스로 걸어갔다. 부르릉, 버스 심장이 뛰기 시작했다. 버스 안에서 시민군들이 노래가 살아나고 있었다.

12
극락강 검문소

　민수는 잠을 설쳤다. 꿈에 나온 아버지가 어머니랑 같이 광
주를 탈출했어야 한다고 하면서, 왜 꾀를 부렸냐고 심하게 꾸짖
었다. 민수는 억울했다. 일부러 절룩거리면서 걸었다. 걷다 보
니 전혀 절룩거리지 않았다. 아버지가 그것 보라면서 더욱 크게
꾸짖었다. 민수는 억울하다고 소리치다가 눈을 떴다. 새벽 3시
였다. 그때부터는 뜬눈으로 아침을 맞이했다.

　밥상머리에 앉자마자 호동이 작은아버지가 시내 상황을 들려
주었다. 시 외곽으로 가는 곳에서 밤새 충돌이 일어났다. 특히
극락강 근처에서 총소리가 요란했다.

민수도 고개를 끄덕였다. 초저녁에는 간헐적으로 총소리가 살아나더니, 새벽에는 고막이 마비되었다. 총알이 서로의 심장을 향해 질주하는 전선이 바로 근처에 있었다.

"민수야, 그러니까 아주 위험한 상황이야. 우리는 오늘 하루를 더 지켜보고, 내일쯤 떠날 거시어. 오늘 가지 말고, 내일 우리랑 같이 나가자."

민수는 잠깐 흔들렸다가 다시금 오늘 떠나겠다고 했다. 걸음걸이가 자유롭지 못한 민수는 어떤 경우든 짐이 되어서는 안 된다고 생각했다. 그래서 민수는 먼저 떠나는 것이 가장 현명한 선택이라고 아픈 발에다 힘을 주었다.

"그래, 그럼 먼저 가라. 가방이랑 학생증은 꼭 챙기고."

민수는 고개를 몇 번이나 고개를 끄덕였다.

・ ・ ・

막상 광주를 떠나려고 하니까 가슴이 먹먹해진다. 하루도 평범하지 않았던 지난 며칠간, 민수는 세상의 참혹한 바닥에 떨어져 있는 기분이었다. 민수는 한 번도 시위에 참여하지 않았다. 물론 전선에도 나가지 않았다. 그런데도 자신이 생존자 같았다. 시민군이든 아니든 그들은 같은 운명체일 수밖에 없었다.

민수는 천천히 페달을 밟아 간다.

박찬희 선수가 KO패를 당한 후로 수십 년 혹은 수백 년의 세월이 흐른 것 같다.

학교 앞 사거리가 보인다. 길은 설법을 잃어버린 채, 그곳에서 끊어져 있다. 여전히 시민군 총과 계엄군 탱크가 대치하고 있으니까, 그곳은 서로 영혼을 걸고 싸우는 최전선이다. 뾰족한 총신과 포신에서는 전혀 겸손함이 느껴지지 않는다. 그런 생각이 들자 새삼 소름이 돋는다.

민수는 어머니랑 담배를 피우던 시민군을 찾으려고 두리번거리다가, 그들의 모습이 흑백으로 흐려지자 당황하면서 눈을 문질렀다. 순간 머릿속으로 떠오르는 것이 있었다.

아, 그렇구나! 의병, 맞아 의병들이었어!

그들은 역사책에 실려 있는 의병들 사진이랑 똑같다. 민수보다 어린아이부터 아버지 또래 어른까지, 총만 놓아 버리면 이웃집 아저씨이자 형이고 동생 같은 얼굴들, 총하고는 너무나도 어울리지 않는 일상적인 옷차림들, 저마다 머리에다 쓰고 있는 두

건과 모자까지도, 어깨나 허리에다 찬 탄띠까지도, 총을 안고 상대를 노려보는 눈빛까지도 의병이랑 똑같다.

의병이란 일제시대에만 존재하는 것이 아니구나!

민수는 그렇게 중얼거리면서 일부러 그들 옆으로 갔다. 어머니랑 쓰디쓴 담배 연기를 주고 받던 시민군은 아스팔트에 누워 있다. 하늘에서는 뜨거운 침묵만 쏟아지고 있다.

민수 눈길이 한 아이 이마에서 멈췄다. 교련복 바지를 입고 있다. 머리가 짧다. 머리띠 중간에 태극기가 수놓아져 있다. 순간 그 아이가 근처에 있는 나이 든 시민군하고 똑같은 반열에 오른 전사로 보인다.

민수는 새삼 태극기의 성스러운 얼굴을 보았다. 그런 태극기를 더욱 믿고 싶다. 제발 저 아이 이마에 있는 태극기가, 이곳에 있는 모든 사람들을 지켜 주기를 바란다. 그런 믿음을 가슴에다 심어야만 이곳을 벗어날 수 있었다. 민수는 시골집에 가서 어머니를 만나면, 태극기가 보여서 안심했다는 말을 꼭 하겠다고 다짐했다. 의병이란 일제 강점기에만 있는 게 아니라는 말도 꼭 해야겠다고.

민수는 다시 탱크를 보았다. 만약 민수에게 저 괴물의 이름을 붙이라고 한다면, 마그마라고 불렀을 것이다. 탱크가 움직이면 처음에는 까마득한 과거 속에서 거슬러 오르듯 아련한 환청 같다가 점점 또렷해지면서 천둥 같은 소리를 물고 오는데, 그럴 때면 지하 세상에서 거대한 마그마가 세상을 파괴하기 위해서 본격적인 활동을 시작하는 것만 같다.

　어린 시절에는 잠을 자다가도 그 소리를 들었다. 민수는 땅이 하늘보다 더 정직하다는 것을 그때부터 알았다. 땅은 탱크가 다가오는 소리를 조금도 왜곡하지 않았다.

　저놈이 움직인다면 시내 전체가 흔들릴 것이다.

　저놈은 슬픔과 분노를 넘어, 어떤 타협조차 할 수 없게 하는 외로움을 느끼게 하는데, 그 어떤 악마보다도 생의 근원을 잘 파괴하기 때문이다.

　아, 어서 도망치고 싶다.

　피난길은 예상보다 순조로웠다. 극락강만 없었다면 아무런 문제도 없었을 것이다. 민수는 처음으로 강을 태어나게 한 태초의 신을 원망했다. 그 강은 완벽하게 도시의 서쪽을 막고 있었다. 도시를 탈출하기 위해서는 반드시 그 외통수를 지나가야 한다. 아무리 궁리해 봐도 다른 방법이 없다.

민수는 검문소가 있는 다리 쪽으로 자전거를 끌고 갔다. 검문소 뒤로는 장갑차와 군용트럭이 밀집해 있다.

민수는 깊게 숨을 들이마셨다가 내뱉었다.

괜찮을 거야, 괜찮을 거야! 지금은 밤도 아니고 대낮이잖아? 교복차림이고, 학생증도 있으니까.

검문소에서 키 작은 계엄군이 뭐라고 소리쳤다. 그 소리가 고막에서 울렸다. 입술이 두껍고 눈이 부리부리한 군인이 노려보고 있다. 민수의 심장을 겨누고 있는 총구에서는 오로지 목표를 향해서 달려드는 본능밖에 없는 총알이 이글거렸다.

"야 이 새끼야, 정지하라구!"

뭔가 가슴을 찔렀다. 총구였다. 민수는 가슴을 움켜쥐면서 움칠하다가 자전거 핸들에다 힘을 주었다.

"이 개새끼, 귓구멍이 막혔나? 어디 가는 거야?"

키 작은 계엄군 눈빛이 민수를 훑어보고 있다.

민수는 시골집에 간다고 말한 것 같다. 그 말이 끝나기도 전에, 계엄군이 자전거를 발로 찼다. 자전거는 검문소 바리케이드 옆으로 쓰러졌다. 핸들에 걸린 가방에서 무엇인가 굴러 나왔다.

민수는 저도 모르게 탄피를 떠올렸다. 순간 민수 몸이 덜덜 떨리면서 몸 천체가 분해되는 것만 같다. 그걸 까맣게 잊고 있었다. 아침에 가방 정리를 할 때도 그 생각을 하지 못했으니까. 호동이 작은아버지 목소리만 떠올랐다. "한 놈의 호주머니에서 뭔가 툭 떨어졌는디…… 아이고 탄피였어. 그 아이가 더듬거리면서 학교 앞에서 주운 것이라고 하는 순간, 계엄군이 내리라고 하드만. 사실 요즘 탄피야, 아무 데나 굴러다니는 것이니까! 그래서 내가 한마디 하려다가…… 말이 안 나와서…… 설마 무슨 일이 있겠어 하고 있는디…… 여긴 다 빨갱이 새끼들이야. 다 쓸어 버려야 돼! 그런 소리가 들리는 거시어." 만약 계엄군이 탄피를 보면 즉시 민수를 조준 사격할 것이다. 민수가 떼굴떼굴 구르는 것을 집으려고 하는 순간, 군홧발이 그것을 걷어찼다. 안티푸라민 같기도 하고, 건전지 같기도 하고, 지우개 같기도 하고, 볼펜 뚜껑 같기도 했다. 총구의 뾰족함이 민수의 복부를 파고든다.

"이 새끼, 가만있으라고 했잖아!"

그 뾰족힘이 민수를 무력화시켰다. 순간 박찬희 선수가 떠올랐다. 도전자 주먹이 복부를 파고들었을 때, 그는 어떤 생각을 했을까. 하마터면 민수는 그런 상황을 중계방송하듯 중얼거릴 뻔했다. 계엄군 발길질이 시작되지 않았다면 진짜 그랬을지도 모른다.

민수는 자기 입에서 비명이 터져 나왔는지 어쨌는지도 모른다.

민수는 자기 심장이 뛰고 있는지 어쩐지도 모른다.

민수는 쓰러져서 굴러다녔을 뿐이다.

한 번도 그런 연습을 해 본 적이 없다. 그래도 벌레처럼 구른다. 굴러다니면서 맞는다는 것은, 그만큼 아픔을 분산시킨다는 뜻이다.

계엄군 입에서 탄피에 대한 말이 나오지는 않았다. 그렇다면 가방에서 굴러 나온 것이 탄피가 아니었다는 뜻이다. 그런데 왜 계엄군이 민수를 짓밟고 있는 것일까.

민수는 아무런 항변조차 할 수 없었다. 군홧발은 시간이 지날수록 중량이 무거워졌다. 민수는 자기 몸이 더 둥글둥글했으면 좋겠다고 생각했다. 그랬다면 이렇게 맞을 때도 더 잘 굴러다닐 수 있을 것이다. 민수는 자기 몸이 느려지는 것을 느낀다.

죽는구나! 이렇게 죽을 수도 있구나!

벗겨진 운동화는 트럭 밑으로 기어가서 오돌오돌 떨고만 있다.

의식이 가물가물 멀어진다.

· · ·

눈을 떴다. 민수는 심한 모멸감으로 부르르 떨다가 웅크렸다. 온몸이 발가벗겨져 있다. 트럭 안이다. 누군가 담뱃불을 민수의 생살 속으로 던졌다. 그 뜨거움이 순식간에 민수를 감전시켰다. 민수는 온몸이 폭발하듯 비명을 지르면서 요동쳤다. 울음조차 바닥이 난 몸인데도 고통을 느낄 수 있으니, 어쩌면 몸이 죽어도 고통은 살아 있을지도 모른다. 죽음 너머 어느 곳으로, 존재의 고통과 시간까지도 다 스러져 버리는 곳으로 사라지고 싶다.

"이 빨갱이 새끼, 눈 떴네!"

입술이 두꺼운 계엄군이 아픈 발을 짓뭉갰다.

그 고통이 다시금 민수를 감전시켰다. 여기서 생이 끝나도 좋으니까, 죽여도 좋으니까, 제발 제발 아프게만 하지 말아 달라고 애걸하고 싶다.

탱크가 떠오르고, 어머니 목소리가 울렸다. "탱크들이 밀고 오면, 차에 깔린 거시기만이로……." 민수는 꼭 거시기가 된 것 같다. 그 동안 민수가 밟아서 죽인 개구리, 달팽이, 바퀴벌레, 개미, 애벌레들 그리고 온갖 풀들에게 미안해진다. 다시 살아간다면 절대 누군가를 밟지 않을 것이다. 그것이 얼마나 고통스러운지 이렇게 밟혀 보고 나서야 알았다.

민수는 비명을 지를 때마다 그 소리가 낯설어서 다른 사람이었으면 좋겠다고 생각했다.

"너 이 새끼, 오른발 이거 왜 다쳤어? 이 새끼 이거 정말 수상해. 너 바른대로 말해! 너 폭도지? 며칠 전에도 내가 폭도, 빨갱이 두 마리를 잡아 낸 사람이야! 내 눈은 못 속여. 너 이거 폭도 짓 하다가 다친 거지?"

민수는 아니라고 했던 것 같다. 동네에서 자전거 타다가 다친 것이라고, 세 번, 네 번이나 말했다. 그런데도 입 밖으로는 한마디도 나오지 않았다. 갑자기 말을 하지 못하는 마법에 걸리기라도 한 걸까.

"이 새끼 진짜 수상하네! 왜 말을 못 하냐고, 이 새끼야!"

계엄군이 군홧발로 민수 입을 밟았다. 입술이 터졌는지, 얼굴이 피범벅이 되었는지, 아무런 감각이 없다. 민수는 그 도토리만 한 총알이 머리를 뚫고 간다고 해도 아무런 아픔을 느끼지 못할 것 같다. 그래서 두렵다는 생각은 하지 못하고, 그저 말을 하려고 애를 쓸 뿐이다. "저는 시위에 한 번도 참여한 적이 없어요. 자전거 타다가 넘어져서 다쳤어요." 민수는 그렇게 말했다고 생각한다.

"아니, 이런 꼴통 새끼가 있나? 이 새낀, 골수야!"

이번에는 개머리판이 내리쳤다. 특히 아픈 오른발, 그곳을 개머리판이 내리찍을 때마다 한 번도 느껴 보지 못한 고통이 요동쳤다. 민수는 감히, 죽음보다 더한 고통이라고 몸부림친다.

"씨발, 냄새야! 이 개새끼, 물똥까지 싸 대네. 빨갱이 똥이라서 더 구리네, 더 구려! 이런 새끼들은 다 죽여 버려야 돼."

계엄군 눈빛은 인간이 품을 수 있는 잔인함의 경계를 넘어서, 이제는 그 누구도 통제할 수 없는 혼란을 즐기고 있다.

민수도 자신이 물똥을 싸고 있다는 사실을 느꼈다. 어디론가 사라지고 싶다. 다시 현실로 돌아오지 못한다고 해도 상관없다.

순간 순식이가 떠올랐다. 아버지 등에 업혀 가던 순식이 사타구니 사이로 누런 물똥이 흘러내렸다. 그때는 몰랐다. 고통스럽게 죽어 가는 사람은 그렇게 물똥을 흘린다는 사실을. 이제야 알겠다. 물속에서 누군가 순식이 목을 조이고, 팔을 조이고, 심장을 조였다. 순식이가 그런 폭력에 시달렸다는 것을. 그러면서 고통스럽게 몸부림치다가 죽어 갔다는 것을, 이제야 알겠다. 나도 죽어 가는구나! 이렇게 죽어 가는구나!

．．．

그러고 보니 죽음이란 놈은, 늘 민수 곁에 있었다.

다섯 살 때였다. 민수가 사는 집은 도로변에 있었다. 마을에서 가장 작은 집이었다. 지붕은 호박들 땅이었다. 탱크들이 다가오면 호박이 가장 먼저 흔들리면서 진동을 키우고, 자연스럽게 집이 흔들리면서 더욱 진동을 키우고, 그리하여 민수 몸까지 전달되었을 때는 감당할 수 없을 만큼 뼛속이 흔들렸다.

미군 탱크는 아침과 저녁 두 차례 지나갔다. 보통 수십 대가 무리를 지었고, 장갑차와 섞여서 지나가기도 했다. 아이들은 미군 탱크만 보면 길가로 뛰쳐갔다. 아이들이 가장 많은 곳은 길 건너편 언덕이다. 그곳에서 손을 흔들면 탱크에 탄 미군들도 신나게 소리치면서 건빵을 던져 주었다. 다른 곳에 있으면 미군들이 그냥 지나치는 경우가 많았다. 언덕에 비해서 낮은 곳이라서 탱크에서는 잘 보이지 않았던 모양이다. 그래서 아이들은 기를 쓰고 길 건너편 높은 언덕으로 올라가려고 했다.

그날도 민수는 탱크소리가 진동해 오자 집을 뛰쳐나갔다. 무작정 언덕 쪽으로 달렸다. 그러다가 한순간에 정신을 잃었다. 탱크들 앞에 달려오는 버스를 보지 못한 것이다. 눈을 떴다. 그제야 민수는 자신이 버스 밑에 깔려 있다는 것을 알았다. 어디를 다쳤는지 알 수 없었다. 목 언저리로 피가 흘러내렸다. 민수는 어머니를 부르면서 기어 나왔다. 버스는 큰 도랑에 처박혀 있었다.

어머니가 피투성이 민수를 끌고 방 안으로 들어갔다. 대충 걸레로 닦고, 된장으로 지혈하고, 밤마다 아버지 은신처였던 장롱 속에다 숨겼다. 민수는 어머니가 말하지 않아도 울면 안 된다는 것을 알았다. 경찰이 와서 잡아갈지도 모른다. 민수는 모든 힘을 어금니에다 모아 울음을 삼켰다. 그곳이 관 속 같다는 공포가 온몸을 흔들 때는 엄마를 부르면서 뛰쳐나가고 싶었다. 그때마다 아버지가 떠올랐다. 아버지도 장롱 속에 숨을 때마다 그런 공포에 떨었을 것이다. 민수는 그렇게 뒤척이다가 잠이 들었다.

눈을 떴다. 아침이었다. 민수는 이불 속에 누워 있었다. 아버지가 옆에서 민수를 내려다보고 있었다. 아버지는 민수 얼굴을 만져 주면서, 마을 어른들을 보면 더 크게 인사하라는 말을 했다. 경찰이 와서 사고를 유발한 아이를 찾으려고 했다. 마을 사람들은 아이가 이 마을에 살지 않는다고 거짓말을 했다. 마침 어제는 장날이었다. 그러니 다른 마을에서 온 아이라고 하자, 경찰도 더 이상 마을 아이들을 조사하지 않았다.

· · ·

민수는 그 이야기를 무채에게 들려준 적이 있었다.
"넌 전생에 좋은 일을 많이 했구나!"
무채는 그래서 삼신할미가 도와준 것이라고 했다.
민수는 그때 전생이 존재했으면 좋겠다고 꽤 진지한 생각을 품었다. 만약 그렇게 생이 물려 있다면, 전생의 시간이 현생의 삶에 영향을 미친다면, 아무래도 사람들은 더 착하게 살려고 할 테니까.

민수는 삼신할미 존재를 믿었다. 삼신할미는 민수가 최초로 받아들인 위대한 신이다.

죽음이란 놈은 계속 민수를 노렸다.

8살 때는 결핵이라는 병이 찾아왔다. 민수는 몸이 아프다는 것을 알았다. 그렇다고 치명적으로 아픈 것도 아니어서, 밥 먹고 뛰어놀고 잠자는 생활을 되풀이했다. 어른들도 별로 신경 쓰지 않았다. 그렇게 지나갔다.

9살 때는 갑자기 토하기도 하고 어지러움이 밀려왔다. 어머니는 너무 땡볕에 뛰어놀아서 그랬다고 진단하고는 며칠간 쉬게 했다. 그렇게 지나갔다.

10살 때는 마을 앞 개울가에서 징검다리를 뛰어가다가 넘어져서 돌멩이에 머리를 부딪혔다. 정신을 잃었다. 다행히도 뇌는 손상이 없었다. 의사는 그 충격보다, 민수 몸에 침투한 병이 더 무섭다고 했다. 그러면서 결핵과 간디스토마를 언급했다. "설마, 전혀 몰랐다고요? 이 정도면 심하게 앓았을 텐데……." 둘

다 아이가 이겨 낼 수 없는 병이었다. 어머니는 전혀 몰랐다고 하면서 가슴을 쓸어내렸다. 하마터면 민수도 잃을 뻔했구나! 죽은 자식들이 떠올랐다. 의사는 기적이라는 말을 몇 번이나 되풀이했다. 그렇게 지나갔다.

● ● ●

그것도 삼신할미가 보살펴 준 것이었구나!

저도 모르게 주위를 보았다. 보이지 않는 것, 삼신할미 그 불멸의 존재를 느끼고 싶다. 민수는 삼신할미를 떠올리려고 애를 쓴다. 예전에는 인자한 할머니 모습으로 쉽게 떠올랐는데, 지금은 아무리 애를 써도 떠오르지 않는다. 어쩌면 이제 삼신할미의 영적인 힘도 다 닳아져 버렸는지 모른다. 군인들한테는 삼신할미 힘이 통하지 않을지도 모른다.

그렇다면, 그렇다면 고통 없이 죽고 싶다.

도토리 닮은 총알아, 제발 나를 고통없이 죽여 다오. 난 어려서부터 도토리를 좋아했어. 늘 호주머니에다 가득 담고 다녔어. 그 둥글둥글한 걸 만지면, 이상하게도 기분이 좋고, 뭔가 많이 가진 것 같아서 그때만큼은 배고픔도 느끼지 않았어. 도토리 닮은 총알아, 제발, 제발!

● ● ●

다시 눈을 뜬다. 캄캄하다. 가슴에서 심장 가동 소리가 느껴지는데, 그것이 다른 세상에서 들리는 것 같다. 그만큼 민수는 자기 존재를 느낄 수 없다. 저승 어느 외진 곳에 누워 있는 것 같은 자기 자신을 인정하고 싶지 않다.

누런 마대가 여러 겹으로 민수 알몸을 덮고 있다. 하필 왜 마대일까. 민수는 슬그머니 마대를 손으로 밀어내고 상체를 일으키려다가 포기했다. 만약 죽었다면, 그들은 이 마대에다 송장을 담아서 어딘가에 매장할 것이다. 그런 생각이 미치자, 더욱 움직일 수도 없었다.

누군가 트럭으로 올라온다.

"이 새끼, 죽었나?"

손전등 빛이 얼굴 쪽으로 쏟아지고, 군홧발이 민수를 툭툭 건드린다. 저도 모르게 민수가 신음소리를 토해 낸다.

"선임하사님, 그것 보십시오. 빨갱이들은 쉽게 안 죽는다니까요!"

입술이 두꺼운 그 군인이다. 혹시 저 군인과 전생의 원수가 아니었을까. 민수는 순간적으로 그렇게 생각했다.

"박 상병, 가방에서 뭐가 좀 나왔어?"

약간 느릿느릿한 충청도 억양이다.

"이 새끼 폭도가 분명합니다. 이렇게 몸에 상처가 난 놈들은 폭도 짓을 하다가 그런 겁니다. 그제 잡힌 놈도 그랬잖습니까? 팔뚝과 등에 상처가 있었는데……."

"박 상병, 내가 가방에서 뭐 이상한 거 나왔냐고 물었잖아!"

입술이 두꺼운 군인이 뭐라고 대답했는데 잘 알아듣지 못했다.

"야, 눈 떠 봐."

민수가 눈을 뜬다. 상사 계급장이 박힌 철모 밑으로 거무스름하게 그을린 넓적한 얼굴이 눈에 들어온다.

"고등학생이냐?"

교복에다 가방까지 있으니 물으나 마나 한 질문이다. 민수는 고개를 들어 두리번거렸다. 어딘가 교복에 학생증이 있을 것이다.

"이 새끼, 말도 안 한다니까요! 뭔가 켕기는 것이 있으니까, 그렇지요! 가방 속에서 라디오가 나왔는데, 틀자마자 빨갱이 방송이 나오더라고요! 이 새끼, 상습적으로 북한방송만 듣는 놈입니다! 이런 새끼는 족쳐야 한다니까요!"

"어디, 라디오 좀 줘 봐."

선임하사가 라디오를 틀었다. 서해방송과 북한방송이 거의 동시에서 섞여 나왔다. 하도 지글지글 잡음이 심해서 북한방송은 잘 알아들을 수 없다.

"너 북한방송 들은 거야?"

이번에도 민수는 아니라고 한 것 같다.

"그것 보십시오. 아무런 말도 안 하잖아요?"

선임하사가 다이얼을 옆으로 살짝 돌리자 서해방송이 또렷해진다.

"지금 광주에서는 서해방송밖에 안 잡히잖아?"

"아, 그건 잘 모르겠습니다. 암튼 이 자식은 더 족쳐야 합니다!"

"북한 놈들이 서해방송 근처에다 자기들 주파수를 숨겨 놨구먼. 그니까 서해방송을 듣다 보면 가끔씩 북한방송도 들리게 되어 있어. 박 상병. 내가 알아서 할 테니까, 넌 가 봐."

선임하사는 민수 손을 잡아서 일으켜 주었다.

그제야 민수는 그를 똑바로 보았다. 군인치고는 눈빛이 너무 부드럽다. 저 철모만 벗어 버리면, 저 군복만 벗어 버리면, 고향 마을 이웃 아저씨나 다름없다. 군인보다는 탱크 앞에 있던 그 시민군, 그 의병들 같다.

선임하사가 민수한테 교복을 던져 주었다.

"어서 입어라."

민수는 온몸을 비틀어 가면서, 낑낑대면서, 간신히 옷을 입었다. 옷을 입는다는 것이 이렇게 힘겹고 불편한 일이었던가.

민수는 선임하사가 시키는 대로 천천히 트럭에서 내렸다.

"너, 시골로 간다고 했지? 어서 가라. 이럴 때는 함부로 돌아다니는 것이 아니야. 아주 위험해. 여기서 있었던 일은, 절대 어디 가서도 말하면 안 돼. 나쁜 꿈 꿨다고 생각해라."

누군가 민수 앞으로 자전거를 끌고 온다. 몇 걸음 움직이면, 그들이 뒤에서 총으로 쏠 것이다. 민수는 자꾸만 등이 간지럽다. 제발 아프지 않게 죽었으면 좋겠다.

"너 같은 아들이 있어서 하는 말이야. 사태가 진정될 때까지는 절대 돌아다니지 마라. 알았지? 다시 말하지만, 여기서 있었던 일은 절대 어디 가서 말하면 안 된다!"

올컥했다. 순간적으로 아버지 얼굴이 그 군인의 얼굴에 겹쳐진다.

13

묻고 싶다

걸어간다. 그렇게 본능이 끌어 주는 대로. 발은 그냥 걸어갈 뿐이다. 민수의 본능은 뇌가 장악하고 있는 가장 높은 곳이 아니라 늘 고린내 풍기면서 가장 낮은 곳에서 살아가는 발바닥에다 근원을 두고 있다. 너무도 절망한 나머지 그의 영혼이 몸 밖으로 나가 버려 자신이 누구인지도 모르는 혼란 상태일지도 모른다. 오직 발바닥을 받쳐 주는 흙 감촉만 느꼈다. 그곳이 생명을 지키는 최후의 전선이다.

누군가 말을 걸었다. "이 밤중에 어디 가냐? 어디서 왔냐?"

이렇게 말한 사람도 있었다. "얼굴이 왜 그 모양이냐? 혹시 계엄군한테 맞았냐?"

민수는 괜찮다고, 그냥 넘어져서 다친 것이라고 대답했던 것 같다. 아버지 같은 계엄군 말처럼 악몽이었다고 침을 삼켰다.

걸어간다. 땅을 믿고 걸어가는 행위가 이렇게 대단한 일일 줄 몰랐다.

걸어가다가 쓰러진다. 그와 동시에 잠이 든다. 어딘지 모른다.

• • •

눈을 뜬다. 산모퉁이 작은 풀밭이다. 손으로 풀을 만져 보고, 코로 풀냄새를 맡아 보고서야 안심했다. 시래의 방에 걸려 있던 마른 꽃이 떠올랐다. 민수도 손에 잡히는 풀꽃을 뜯어서 예쁘게 말리고 싶다. 그러다가 갈증으로 온몸이 떨렸다. 바람에 흔들리는 나뭇가지의 흔들림이 아니다. 아기라는 작은 생명으로 어머니 자궁에서 나왔을 때의 떨림, 그런 근원의 절박한 몸부림이다. 민수는 직립을 포기하고 네발로 기어갔다. 풀밭 사이로 물이 흐른다. 민수는 도랑에다 고개를 처박고 오래오래 물을 마신다. 그리고 다시 잠이 들었다.

· · ·

눈을 뜬다. 달이 보이고, 해도 보인다. 걸어간다. 언제부턴지 끌고 가던 자전거가 보이지 않는다. 누가 훔쳐 갔는지, 어딘가에다 두고 왔는지 모른다.

어쩌면 귀신한테 홀렸는지도 모른다.

며칠 전에는 호동이 작은아버지도 귀신한테 홀렸다가 간신히 살아서 돌아왔다. "시래야, 나 살았지? 나 죽은 거 아니지? 아이고, 이제 살았다!" 그날 밤 호동이 작은아버지는 시래를 끌어안고 울었다. "아짐, 저 살았지요? 죽은 거 아니지요?" 우체부도 그 말을 몇 번이나 하면서 어머니 손을 잡고 울었다.

민수도 누군가를 잡고 울고 싶다. "나 살아 있지요? 죽은 거 아니지요?" 하지만 아무런 소리도 들리지 않는다.

아, 죽었을지도 모른다. 영혼이 없는 상태. 그래서 그런지 세상은 늘 희미하다. 여전히 달과 해를 구분할 수 없다. 영원 속으로 걸어가듯 걷고 또 걸었다. 그러다가 불쑥 자기 자신에게 이렇게 물었다.

"근데 계엄군이 왜 나를……, 가방에서 탄피가 나온 것도 아니고, 난 시민군도 아니고……, 자전거를 타고 가다가 발을 다쳤을 뿐이고, 그냥 광주에서 살고 있을 뿐이고……, 억울해. 왜 나를 이렇게 하냐고?"

민수는 아무런 대답을 하지 못했다. 죄가 있다면 광주에서 살고 있다는 것, 광주에서 탈출하려고 했다는 것, 그리고 살아 있다는 것이다.

· · ·

발바닥이 민수라는 생명을 집까지 데려갔다.

어머니는 달빛에 의지한 채 마루에 앉아 있다가 민수의 기척을 듣고 마당으로 달려 나갔다. 어머니는 당신보다 훨씬 큰 세상을 안고, 오매 오매 울어 댔다.

"내 새끼! 죽지 않고 살아서 왔네! 오매 오매, 고맙다! 고맙다!"

놀란 이웃들이 모여들었다.

민수는 아무도 알아보지 못했다. 그저 어머니 가슴에다 얼굴을 비벼 대면서 울어 댈 뿐. 어머니는 초점을 잃어버린 아들 눈을 향해 더 크게 불러 보고, 흔들어 보고, 만져 보고, 다시 안아 본다.

"민수야! 민수야! 민수야!"

민수가 왔다는 말을 듣고 달려온 호동이 작은아버지도 몇 번이나 민수를 불러 보고, 만져 보고, 흔들어 보고, 안아도 보고, 그러다가 탄식을 해 댔다.

"민수가 나를 알아보지도 못하네. 아이고오, 이것 참 환장하겠네!"

민수보다 하루 늦게 출발한 그는 이미 사흘 전에 시골에 도착했다. 그러니 그동안 엄청난 혼란이 마을을 휩쓸었다.

어머니는 그동안 한숨도 자지 못했다.

민수가 이 세상에 존재하지 않을 것이라고 고시랑거리는 사람도 있었다. 지금은 그런 세상이다.

어머니는 날마다 민수를 찾아다녔다. 밤새 걸어서 광주까지 간 적도 있다. 그럴 때 어머니 걸음은 초인적이었고 과학적인 한계를 넘어선 영적인 행위였다. 수많은 병원을 찾아다녔다. 검문소에서 계엄군을 만나면 민수를 아냐고 물었다. 어딘가 붙잡아 놓았다면 제발 알려 달라고 사정했다. 계엄군에게 끌려가서 조사도 받았다. 그 어디에도 민수 흔적을 찾을 수 없었다.

그랬으니 마을 사람들 입에서 기적이라는 말이 나올 법도 했다. 그러나 안타깝게도 마을 사람들은 민수 눈빛을 보고는 혀를 끌끌 찼다.

"어째야 쓰까. 머리가 완전히 돌아불었구먼!"

"정신머리는 어디에다 빠트리고 몸뚱이만 왔구먼. 대체 뭔 일이 있었을까?"

그때마다 어머니는 쌍심지를 켜면서 소리쳤다.

"아뇨! 지금은 놀라서, 뭔가에 놀라서 그런 거요. 며칠만 집에 있으면 괜찮아질 것잉께, 걱정 마씨요. 우리 아들은 어렸을 적에 이보다 더 험한 일도 이겨 냈어라. 결핵이랑 간디스토마도 이겨 내고, 달리는 버스에 치였어도 어디 몸뚱이 하나 부서진 곳이 없었소. 이까짓 것은 거기에 비하면 아무것도 아니오!"

어머니가 아들에게 내린 첫 번째 처방은 따뜻한 밥을 먹이는 것이다.

민수는 그 따뜻함을 입안으로 밀어 넣었다, 꾸역꾸역, 삼키고 또 삼켰다. 그동안 먹지 못했던 밥을 한꺼번에 다 보충하듯이. 하지만 그렇게 허기진 기억 속까지 가득 채운 밥을 방바닥에다 다 토해 내고야 말았다. 그러자 졸음이 밀려왔다.

어머니는 잠든 아들의 허물을 조심스럽게 벗겼다. 그러고는 따뜻한 가제 수건으로, 아들이 감당했을 외롭고도 무서운 시간을 닦아 냈다. 아들의 몸을 점령하고 있던 온갖 두려움과 공포를 쫓아냈다. 그것이 어머니의 두 번째 처방이었다.

상상조차 못 했던 고통의 시간이 아들 몸에서 기생하고 있다. 온몸에 번져 있는 멍울들 그리고 온갖 상처들……, 그 가해자들을 상상하려고 하다가 저도 모르게 장롱을 쳐다보았다. 얼른 그 속에다 아들을 숨기고 싶다. 소름이 돋았다.

항문 사이에는 누런 똥이 굳어 있다. 그래도 냄새가 나지 않는다. 어머니라는 본능이, 이 생명을 당신 뱃속에서 잉태하여 세상으로 내보낸 힘이, 그 냄새를 허락하지 않는다.

새삼 죽어간 세 사람이 떠오른다. 너무 어린 나이에 죽어 버려, 이제는 얼굴마저도 가물가물해지는 두 아들, 그리고 남편. 그들의 몸을, 어머니는 이렇게 닦았다. 특히 남편은 마을 어른들이 염하기 전에, 자신이 먼저 닦아 주었다. 그렇게 이별하고 싶었다. 순간 어머니는, 아들 코에다 귀를 대 본다.

"아, 살아 있다. 됐다. 살아 있어. 살아갈 거시어. 아암."

어머니는 다시금 윗목에다 모셔 놓은 정화수를 보고 고개를 숙인다.

• • •

다음 날 저물녘에서야 민수는 눈을 뜬다. 어머니를 부르고 싶은데, 그 말이 나오지 않는다. 갑자기 울음이 쏟아진다. 그렇게 울다 보면 엄마라는 말을 되찾을 수 있을 것 같다. 엄마가 들어와서 민수를 안아 주었다.

"괜찮다, 괜찮아. 넌 절대 안 죽어야. 너 어렸을 때 의사가 그랬어. 결핵이랑 간디스토마를 아무렇지도 않게 이겨 낸 아이는 이 세상에 없을 것이라고. 그래서 버스에 치였을 때도 무사했던 거시어. 그 어떤 난리도 너를 해코지하지 못할 거시어. 조금만 버티면 모든 일이 다 순조롭게 될 거시어."

민수도 그 말을 믿고 싶다. 진짜 아무렇지도 않다고, 아버지 닮은 계엄군이 도와줬다는 말도 하고 싶다. 하지만 글자까지 보이지 않자, 그 어떤 표현도 할 수 없다. 너는 인간이 될 수 없다는 어떤 신호로 여겨졌다. 그런 사실을 받아들일 수가 없다. 왜 이렇게 되어 버렸을까. 왜 이렇게 가혹한 벌을 받아야만 할까. 무슨 잘못을 했을까. 아, 모르겠다!

· · ·

광주는 계엄군 세상에서 시민군 세상으로 바뀌었다가 다시 계엄군 세상이 되었다. 무채는 계엄군에게 잡히지도 않았고, 시신으로 발견되지도 않았다. 그러니까 살아 있는지 죽었는지 확인할 수 없는 상태다.

어머니는 소천 할머니 손을 잡고, 어딘가에 숨어 있을 것이라고 위로했다.

"아이고 살아만 있으면, 살아만 있으면 얼마나 좋겠는가. 총 맞아서 팔다리가 부러졌어도 좋응께, 그저 살아만 있었으면 좋겠네!"

소천 할머니는 말을 하면서도 계속 당신의 가슴을 쳤다. 새로 생긴 버릇이다.

"민수야, 너도 알지야? 광주가 다시 군인들한테…… 근디, 무

채 성 소식이 없다. 어디에서도 없다. 시래랑 같이 광주 시내 병
원이란 병원은 다 찾아보고…… 경찰서도 가 보고, 군인들한테
도 가 보고…… 그래도 없다. 혹시 너는 무채 성이 어딨는지 아
냐? 알면 고개만 끄덕여 보거라.”

민수도 소천 할머니를 위로하고 싶다. 낭만적이고 긍정적인
무채는 자기만이 알고 있는 어느 아름다운 시간 속을 여행하다
가, 세상이 잠잠해지면 나타날 테니까 걱정하지 말라고.

학교 앞 언덕 위에서 시민군을 노려보던 탱크가 기어이 도청
으로 진격하던 날, 무채는 민수 꿈속으로 들어왔다. 민수는 딸
기가 든 바구니를 무채에게 주었다. 무채는 그것을 들고 어디론
가 가더니 동백꽃 잎이 가득 든 바구니를 들고 왔다.

“민수야, 너 결혼식 할 때 이걸 뿌릴 거야.”

“형, 무슨 소리야? 난 이제 고작 17살인데.”

“히히히, 형이 걱정하지 말라고 했지? 너 장가갈 때는 내가
동백꽃으로 치장한 택시에다, 꽃가마 택시에다 태워 준다고 했
지?”

“형, 알았어. 나중에 꼭 해 줘.”

그런 꿈은 계속 되풀이되었다. 민수는 그런 꿈을 꿀 때마다

기분이 좋아졌고, 어서 세월이 흘러 그런 날이 왔으면 좋겠다고
생각했다.

. . .

시래가 왔다. 민수가 집에 온 지 3주가 지났다. 시래는 민수
를 보자마자 끌어안았다. 무채를 찾아다니다가 이제야 왔다고
하였다.

"누나아!" 민수는 그렇게 소리쳤다고 생각한다. 눈물이 터졌
다. 어머니를 처음 보았을 때만큼 오래오래 울음이 그치지 않
는다.

시래는 이렇게 살아 있어서 다행이라고, 이렇게 살아 있어서
고맙다고, 그리고 또 미안하다고 울먹인다.

"너 시골로 가고 나서 무채가 왔어. 버스가 아니라 찜차 운전
한다면서. 계엄군이 쳐들어온다는 소식이 들리면서 운전하는
사람도 줄어들고…… 그래서 어쩔 수 없이 한다면서…… 자기
도 운전대 놓고 싶지만…… 그럼 할 사람이 없을 것 같아서, 그
래서, 그래서 그런다고…… 그러는데…… 그때 내가 그만하라고

잡아끌었으면……. 아냐, 그래도 무채는 갔을 거야."

민수도 그랬을 거라고 고개를 끄덕여 주었다.

"그리고 며칠 전에 상무대까지 끌려갔다가 왔어. 무채에 대해서, 군인들이 이것저것 물었어. 하루 종일 조사받았어. 우리 집 주위에는 나를 감시하는 사람도 있어. 군인들은 무채가 시민군 운전사였다는 것을 다 알고 있더라. 버스랑 트럭, 찝차를 몰고 다녔다는 것도 다 알더라. 사진까지 보여 주더라."

그런 사진을 누가 찍었을까. 민수는 자기 가슴을 툭 친다. 아, 맞구나! 그때 맨 처음 시민군이 탄 고속버스가 아시아 자동차 공장 앞으로 오던 날, 민수는 그 장면을 사진기에다 담으려고 했다. 그러자 키가 땅딸막한 할아버지가 화를 내면서 민수를 저지했다. 그 할아버지는 사방에서 경찰이나 군인 첩자들이 노려보고 있다고 했다. 그게 사실이었나 보다. 첩자들이 은밀하게 사진까지 찍었을 것이다. 그런 생각을 하자 갑자기 온몸이 차가워진다.

"이미 무채 자취방을 수색한 모양이야. 거기서 내 편지가 많이 나왔으니까. 그래서 나를 끌고 간 거야. 군 수사대에서 너를 찾아올지 몰라."

순간 민수는 어릴 적에 교통사고가 났을 때 숨었던 그 장롱이 떠올랐다. 왜 그랬는지 모르겠다. 저도 모르게 자꾸만 안방 쪽을 흘겨보았다.

"넌, 진짜 모르지? 무채가 어디 있는지."

민수는 고개를 흔들었다.

시래는 말이 갇혀 버린 민수 입만 바라다보다가, 뭔가 울컥 치밀어 오르는지 다시 민수를 끌어안고 한동안 그렇게 움직이지 않았다.

• • •

시래가 다녀가고 사흘 뒤, 머리가 짧은 사람들이 까만 승용차에서 내렸다. 모두 두 사람이다. 골목에서 기다리고 있던 이장이 앞장선다. 키가 작고 깡마른 이장은 마당으로 들어서자 어머니를 불렀다. 어머니는 잔뜩 굳은 표정으로 엉거주춤 인사했다. 그들은 군 조사부에서 왔다고 하면서 어머니를 쳐다봤다. 어머니는 아무것도 묻지 않았다.

그들이 민수 상태에 대해서 물었다.

"예에, 지금은 말도 못 하고, 글자도 못 읽고 그렇습니다만."

어머니는 억지로, 거의 표준말에 가깝게 대답했다.

"간단하게 몇 가지만 확인하고 갈 테니까, 민수군을······."

어머니가 망설이자, 이장이 눈짓했다. 괜찮다는 뜻이다. 어머니가 방으로 들어가서 민수를 데리고 마루로 나온다.

민수는 그들을 보자마자 귀부터 막는다. 총소리가 들리는 것 같다.

그들이 당황하면서 억지로 웃는다. 특히 키가 크고, 가운데 가르마를 탄 사람이 민수 어깨를 토닥였다. 그 옆에 있는 사람은 유독 눈이 날카롭다. 그 눈빛으로 계속 민수를 훑어보았다.

"괜찮아, 괜찮아. 널 어쩌려고 온 게 아니고······ 네가 홍무채를 형처럼 따랐다고 해서. 광주에서 홍무채를 만났지? 언제, 어디서 만났는지 말해 봐."

민수는 얼굴을 찡그린다. 손이 굳어진다.

"아, 말을 못 한다고 했지?"

"그럼, 여기다 써 봐."

눈빛이 날카로운 사람이 손가방에서 두꺼운 사무용 노트랑 볼펜을 끄집어냈다.

"아, 민수는 지금 말도 못 하고, 글도 못 읽어서……."

이장이 끼어들었다.

"그래도 글을 쓸 수 있지 않을까요?"

가운데 가르마를 탄 사람이 민수랑 어머니 그리고 이장을 번갈아 보았다.

민수는 더 강하게 귀를 틀어막고, 무릎 사이로 고개를 처박았다.

"아이고, 안 되겠구먼. 병원에 가서 치료부터 받아야겠네. 나중에 다시 오겠습니다."

그들은 일어서다가 민수한테 덧붙였다. 홍무채를 만나거든 빨리 자수하게 해야 한다. 그래야 선처를 받을 수 있고, 본인한테도 좋다는 것이다. 숨어 봤자 본인만 손해고, 그러다 잡히면 더 처벌이 무거워진다고 하면서.

• • •

그날부터 민수 고막에서 이상한 소리가 살아났다.

처음엔 청개구리 울음인가 했더니 땅을 울리는 탱크 소리 같기도 하고, 시민군들이 탄 고속버스에서 울려 퍼지는 노랫소리 같기도 하고, 폭도들은 물러가고 악에 받친 목소리를 토해 내는 서해방송 여자 아나운서 목소리 같기도 하고, 위대한 수령님을 찬양하는 북한방송 같기도 하고, 개새끼 물똥까지 싸 대네……, 그러면서 발길질하던 그 입술 두꺼운 군인 목소리 같기도 했다.

민수는 휴지로 귀를 막다가 쑥잎으로 막아도 보고, 나무껍질이나 흙으로도 막았다. 그럴수록 그 소리는 더욱 또렷해진다.

• • •

어머니는 아들 몸속으로, 인간이 치유할 수 없는 아픔이 뿌리를 내렸다고 판단했다. 그래서 신에게 도움을 청하기로 했다. 이웃마을에 사는 당골래라는 늙은 무당을 찾아갔다. 아무리 세상이 바뀌었어도, 때로는 옛날 방식이 통할 때도 있는 법이라고 하면서.

처음에는 민수가 당골래를 거절했다. 그러자 어머니가 이렇게 말했다.

"다른 건 몰라도 당골할매는 삼신할매하고 친해야. 삼신할매를 불러낼 수 있다 이 말이제. 그렁께 한 번 믿어 보자."

그 말에 민수는 고개를 끄덕였다.

무당은 알록달록한 무당 옷을 입고, 요란스러운 방울을 흔들어 대고, 긴 대나무 가지를 흔들어 대면서 한동안 마당에 깔린 멍석 위에서 춤판을 일으켰다.

민수는 눈을 감은 채 가만히 있었다. 무당은 대나무 가지로 민수 몸을 자꾸자꾸 쓸어내렸다. 그때마다 민수는 대나무가 된 것처럼 몸이 흔들렸다.

"아가, 이제 두려워 마라. 다 지나갔다. 너를 잡아 먹을라고 하던 귀신들이 다 지나갔다. 아가, 이제 편하게 살아가기만 하면……."

순간 민수는 삼신할미에게 하소연하고 싶었다. 왜 자신을 이 세상으로 불러내서 이런 고통을 받게 하는지, 소리치고 싶어서 몸을 움직였다. 개구리처럼 뛰고 싶고, 흐르는 물처럼 굴러다니고 싶고, 바람처럼 달리고 싶고, 깔깔거리고, 웃고 싶다.

안타깝게도 늙은 무당은 어린 영혼을 구원하지 못했다. 어머니는 이제 예언자적인 신통력을 잃어버린 무당은 더 이상 굿을 하지 말아야 한다고 비난했다. 대신 교회나 절에 가는 것을 고민해 보자고 했다.

14

나무 심는 아이

언제부턴지 어머니는 삶의 노선을 바꾸기 시작했다. 가장 먼저 텔레비전을 멀리하고, 대신 라디오를 곁에다 두었다. 그 변화가 진실을 외면하는 텔레비전에 대한 항의인지 그건 알 수 없다. 어쨌든 어머니 근처에서는 늘 라디오 소리가 흘러나온다.

민수는 휴학할 수밖에 없었다. 휴교령이 풀리자 어머니는 시래랑 같이 학교에 가서 선생님들을 만났다. 교장 선생님은 까다롭게 민수 상태를 물었다. 어머니는 또박또박 대답했다.

"민수가 시골로 오다가 뭔 일이 있었는디, 그것이 뭔 일인지는 이놈의 세상만이 알겠지요."

교장 선생님은 눈만 끔벅끔벅할 뿐 더 이상 묻지 않았다.

마을 사람들은 민수만 보면 혀부터 끌끌 차 댔다. 민수 인생이 끝났다고 선언하는 눈빛도 있었다. 어떻게 알았는지 몰라도 중간고사 성적까지 들먹이는 목소리도 있었다.

시래는 민수한테 신경 쓰지 말라고 하였다.

"민수야, 괜찮아. 1등은 자기밖에 볼 줄 모르잖아? 근데 꼴등은 전체를……, 만약 59등이라면 1등부터 59등까지 다 볼 수 있잖아? 그리고 아픔과 절망까지 다 배우잖아? 그니까 무너지지만 않으면 괜찮아. 무너져서 몸이 망가지는 것은 땅이 없어지는 거랑 똑같아. 그게 없으면 다시 시작할 수 없거든. 난 그걸 걱정할 뿐이지, 실은 나도 그랬으니까. 언니가 죽고 나서 학교를 다닐 수 없게 되었을 때…….."

민수는 그때마다 진짜 흙을 떠올리고, 흙에서 파릇파릇 온갖 풀과 나무들이 돋아나는 상상을 했다. 그런 세계를 느끼고 싶다. 어머니가 없을 때, 너무너무 머리가 아플 때, 자꾸만 귀에서 이상한 소리가 들릴 때, 그럴 때마다 민수는 마당에 누웠다. 등을 시원하게 달래 주는 흙에 누우면 더 이상 나쁜 생각이 움트지 않는다. 민수는 마당에 누울 때마다 진짜 죽었을지도 모른다고 중얼거렸다. 세상의 모든 규칙을 다 잃어버린 채 자기 자신조차 마음대로 할 수 없으니까, 죽은 것이나 마찬가지라고.

• • •

여름이 끝나 갈 무렵, 호동이가 불쑥 마당으로 들어온다.

장난기가 가득 충전된 호동이 눈동자는 더 커지고, 젖살도 더 통통해지고, 목소리도 더 굵어지고, 코 밑에 수염도 더 짙었다. 그래도 키는 전혀 자라지 않았다. 어머니 표현대로 그 집 종자들 내력 때문에 어쩔 수 없는지도 모른다. 호동이는 민수를 보자마자, 형은 키가 더 커졌다면서 부러워했다.

"형, 나 그동안 엄청 힘들었어. 형, 혹시……, 형이…… 아냐, 그랬을 리가 없지. 근데, 그게 왜 내 가방에서 나왔을까?"

민수는 그게 뭐냐고, 무슨 말을 하려고 하냐고 물어보고 싶었다.

"형, 나 그것 때문에 하마터면……, 책가방 속에서 그게 떨어져서, 친구들이 놀라고…… 선생님이 알고서…… 말도 마……

교무실 끌려가고…… 작은아빠까지 와서…… 난 그냥 모른다고
만 했어. 선생님들이 자꾸자꾸 추궁하는데, 난 실제로 모르거
든. 선생님이 경찰에 신고했어. 졸지에 경찰서에도 가고, 경찰
이 와서 온 집안을 다 뒤졌어. 그때 말야, 난 형이 잠잤던 다락
에서 뭐가 나올까 봐 진짜 조마조마했어. 혹시 형이 그것을 갖
고 온 게 아닐까, 의심하고 있었거든. 다행히 아무것도 안 나왔
고, 난 작은아빠가 알려 준 대로 그냥 길거리에서 주웠다고 했
어. 그때만 해도 길거리에 그것이 도토리처럼 굴러다녔잖아?
암튼 나 죽다 살아났어. 형, 그리고 나 서울 고모네 집으로 갈
것 같아. 할머니가 더 이상 시끌시끌한 광주에다 나를 둘 수가
없대."

　민수는 잘된 일이라고 애써 웃어 주었다. 그런 다음, 가방에
서 나온 것이 무엇이냐고 눈으로 물었다. 호동이는 그 눈빛을
외면하더니, 입안에다 다디단 사탕이라도 굴리는 표정으로 낮
게 목소리를 이어 간다.

　"근데 말야, 난 자꾸만 형이 일부러 말을 못 하는 척하고 있
다는 생각이 들어. 진짜 그랬으면 좋겠어. 형이랑 무채 형은 친
형제처럼 친했잖아? 형, 그런 거지? 무채 형 때문에, 형이……,

그니까 무채 형은 어딘가 살아 있는 거지? 난 무채 형이 홍길동처럼 살아 있었으면 좋겠어."

민수는 호동이가 보기보다 속 깊은 아이라는 것을 알았다. 그동안 둘은 진지하게 대화를 해 본 적이 없다. 과외선생님 역할을 하기로 하고 그 집에 들어갔는데도, 민수는 그에게 수학 문제 하나 시원하게 해결해 주지 못했다. 그럴 정신이 없었다. 그래도 호동이는 전혀 까탈 부리지 않았다. 민수는 한없이 그에게 미안할 따름이다.

"형, 그리고 이거……, 안티푸라민이야. 이거 형한테 꼭 주고 싶었어. 그날 밤에 형이, 작은아빠한테 엄청나게 매 맞은 날 안티푸라민 발라 줬잖아? 이상하게도 형만 생각하면 그 냄새나. 그러면서 고마워지고, 묘한 힘이 나. 나도 이거, 형한테 선물로 주고 싶어. 힘내라고 말야. 그냥 내 마음이야."

민수는 울컥해서, 울지 않으려고 눈을 감는다. 그래도 소용없었다. 눈물이 터져 버렸다. 호동이는 슬그머니 고개를 돌리면서 계속 말했다.

"오늘 형 만나니까, 진짜 형 몸에서 안티푸라민 냄새가 나는 것 같아."

＊ ＊ ＊

호동이를 배웅하던 민수 눈에 실버들 숲이 들어온다. 민수는 자기 머리를 툭 친다. 왜 여태 그곳을 잊고 있었을까. 왜 날마다 그곳을 보아도 눈에 들어오지 않았을까. 민수는 시냇물에 걸쳐 있는 나무다리에 앉았다. 그러고는 버릇처럼 호주머니에서 트랜지스터 라디오를 찾았다. 라디오가 없다. 그러자 불안해지고 가슴이 아팠다. 민수는 호동이가 선물로 준 안티푸라민 뚜껑을 열었다. 그 액체 덩어리를 오른쪽 집게손가락으로 듬뿍 찍어서 가슴에다, 어깨에다, 목에다 바르기 시작했다. 신기하게도 통증이 사라졌다.

그날부터 민수는 안티푸라민을 바르기 시작했다. 가슴이 답답할 때마다 가슴 가득 안티푸라민을 발랐다. 심지어 귀가 멍해지면 귀에다 바르고, 발이 아프면 발에다 바른다. 그러면 신기하게도 아픔이 사라진다.

라디오도 다시 듣기 시작했다. 한동안 라디오 소리만 들으면 귀를 틀어막곤 했다. 북한방송이 나올까 봐, 폭도들은 물러가라고 소리치는 그 찌렁찌렁한 여자 아나운서 목소리가 나올까 봐, 두려웠다.

호동이가 다녀간 후부터 그런 두려움이 사라졌다. 가장 오래된 친구인 라디오가 어느새 민수 곁으로 와 있었다. 바람 속에서 실버들이 몸을 흔들면서 소리치면, 라디오 소리는 더욱 또렷해진다.

마을 사람들은 시냇가에 앉아서 안티푸라민을 바르는 민수를 보고는 "진짜 정신이 나가불었구먼. 멀쩡한 가슴에다 안티푸라민만 처바르고 있으니 말여!" 그런 식으로 안타까워했다.

민수는 종일 앉아서 실버들과 시냇물 그리고 바람과 햇볕, 숱한 새들과 들꽃들을 바라다보기도 했다. 그랬을 뿐, 그 어떤 몽상 속으로도 빠져들지 못했다. 온갖 몽상이 죽어 버린 거대한 돌멩이 하나가 민수 머릿속에 들어와 박혀 있었다. 배고픔도 느끼지 못했다. 마을 사람들이 지나가다가 "아이. 민수야! 뭣하냐? 라디오만 듣지 말고 노래라도 불러 봐라." 하고 소리쳐도, 그 인기척조차 느끼지 못했다.

그러던 어느 날 민수는 자기도 모르게 실버들이 늘어선 풍경을 그리기 시작했다. 그러면서 지금까지 느껴 보지 못했던 묘한 힘이 느꼈다. 어떨 때는 밤을 새우기도 하고, 종일 아무것도 먹지 않고 그림만 그릴 때도 있었다. 시민군을 태우고 다니는 고속버스도 그리고, 군인들, 탱크……. 그러다가 죽은 친구 순식이 얼굴을 그림 속에서 발견했다. 탱크와 고속버스 사이로 순식이가 풀잎으로 만든 모자를 쓰고 걸어 나왔다. "어, 어, 순식아!" 몇 번이나 민수는 순식이를 불러 보았다. 순식이는 인간이 만든 가장 무서운 악마인 탱크를 새롭게 환생시켰다. 탱크는 온갖 꽃으로 치장하고, 아이들만 태우는 신기한 자동차로 변신했다. 그러니 전쟁무기냐 아니냐 하는 것은, 어느 순간부터 전혀 의식되지 않았다.

민수는 자기가 그린 그림 속에서 자유롭고 행복했다. 어차피 상상이라는 것도 현실에다 발을 딛고 있는 머릿속에서 일어나는 현상이니까, 그것 역시 현실이었다. 민수는 그림을 그리고 나면, 그때 밀려오는 피로와 편안함을 만끽하면서 스르르 잠이 들었다. 그런 세상에서 살고 싶었다.

민수의 그림 속에는, 세상이 잃어버린 시간까지 다 들어 있다. 그뿐 아니라 존재하지 않는 것들에게도 생명을 주고 있다.

어머니는 그 그림을 보고서, 민수가 잃어버린 것들을 찾아 여행하는 중이라고 판단했다. 그래서 사람들이 무슨 말을 하든 아무렇지 않게 흘려보냈다. 대신 그림에 빠져 있을 때는 끼니를 굶거나 잠을 자지 않아도 방해하지 않으려고 했다.

한번은 민수가 한밤중에 순식이가 보고 싶다고 엉엉 울어 댔다. 입으로 말을 하지 않아도, 몸짓으로만 말해도 어머니는 아들 말을 다 알아들었다. 어머니는 필연적으로 그렇게 예정되어 있다는 듯이 아들을 안고 토닥였다.

"내일 엄마랑 같이 순식이를 만나러 가자."

다음 날 민수는 어머니를 따라서 순식이 무덤을 찾아 나섰다. 하늘에서 내려온 물이 골짜기 사이로 길을 내면, 그 길을 따라 온갖 무덤이 돋아났다. 그 골짜기는 죽은 자들의 시간이 머물러 있는 곳이었다. 어머니랑 민수는 종일 그 무덤을 찾아 다녔다. 오래된 시간 속으로 숨어 버린 녀석은 키득거리는 웃음 한 점 찾을 수 없었다. 그 절망감이 민수 가슴을 옥죄었다. 그 때마다 민수는 가슴에다 안티푸라민을 발랐다.

그날 밤 어머니는 서울로 이사 간 순식이 아버지에게 연락하여 사정을 설명하고 무덤의 위치를 물었다. 그의 아버지가 자세하게 위치를 알려 주지만, 다음 날도 어머니는 그곳을 찾아내지 못했다. 어쩌면 시간을 먹고 살아가는 길이 삼켜 버렸을지도 모른다.

그 다음 날 시래가 배낭을 짊어진 채 앞장섰다. 쏟아지는 태양의 무게를 받아서 아름다운 시간으로 빚어내는 들꽃들의 마법이 산길을 수놓았다. 시래는 새로운 들꽃하고 마주칠 때마다 걸음을 멈추고는, 안녕? 혹은 반갑다고 말을 건넨 다음, 그것을 꺾어 자신의 머리에다 꽂았다. 민수 머리에도 꽂아 주었다.

민수는 시래의 손길이 오갈 때마다 눈을 감았다.

두 사람 머리는 꽃사태가 날 지경이었다.

그렇게 앞서가던 시래가 무덤의 존재를 알 수 없을 만큼 살이 닳아져 버린 봉분을 가리켰다. 언니 무덤이다. 그 봉분을 기준점 삼아 남쪽으로 정확하게 여든 걸음쯤 내려왔다. 시래는 그곳에서 허리를 낮추고 두리번거리다가 삼각형으로 놓여 있는 돌멩이들 사이에 우거진 그늘사초를 손가락질했다.

순간 민수는 저도 모르게 소리친다.

"순식아!"

민수 목소리가 메아리친다. 갑자기 귀가 뚫렸다. 귀와 눈 사이가 뚫렸다. 눈과 코, 코와 입 그리고 목구멍으로. 뼈와 뼈 사이가 뚫렸다. 발가락이 시원해졌다. 순간 민수는 자신이 새가 아닌가, 하고 생각했다. 그만큼 몸이 가볍다. 입에서 새처럼, 말이 날아올랐다. 그동안 웅크리고, 외롭게 떨고 있었던 말이 날아갔다. "광주 시민 여러분 해방되었습니다. 이제 안심하고 밖으로 나오십시오!" 갑자기 그 목소리가 떠올랐다.

"해방이다. 내 말이 이제야 해방이다! 누나, 내 입이 해방되었어!"

민수는 펄쩍펄쩍 뛰면서 만세를 불렀다.

"그래, 해방이다!"

시래도 박수를 쳤다.

"순식아, 나 해방됐다!"

민수가 더 크게 소리친다. 막 터져 나오는 울음이 고맙다.

시래는 그럴 줄 알았다는 눈빛으로 소리쳤다.

"역시 친구는 달라. 순식이가 도와주잖아! 그래 원 없이 소리쳐라! 해방이란 원없이 소리치는 거야!"

그러고는 무덤 앞에다 돗자리를 펴고, 머리에 꽂은 꽃을 뽑아서 놓고, 과자랑 밥이랑, 껌이랑, 빵이랑, 음료수까지 차렸다.

"순식아, 시래 누나다. 네가 민수를 해방시킨 거야! 대단해! 암튼 고맙다. 넌 죽어서도 민수를 도와주는구나!"

민수는 그냥 울어 댔다. 무채가 운전하는 버스가 떠올랐다. 깨진 유리창 사이로 순식이가 팔을 내밀고 소리쳤다. "이제 민수가 해방되었습니다. 민수는 미치지 않았습니다!" 그런 상상을 하다 보니, 눈앞에 순식이가 보였다. "순식아!" 팔을 뻗었다. 아무것도 잡히지 않았다. 그러자 더 울음이 폭발했다. 그러고 보니 늘 순식이에게 받기만 했다. 보고 싶다. 만지고 싶다. 같이 놀고 싶다. 같이 노래하면서 춤추고 싶다. 딱 하루만이라도, 딱 10분만이라도. 그렇게 순식이랑 같이 이 해방감을 만끽하고 싶다. "해방이란 세상이 변해야 하는 거시어." 호동이 할머니 목소리가 울린다. 그 말이 맞을 것이다. 그러나 세상이 변하기 위해서는, 가장 작은 세상인 내가 변해야 한다고 민수는 말하고 싶다. 이렇게 내가 변했으니까, 이것이야말로 진정한 해방이라고 소리치고 싶다. 상상 속에서, 순식이도 그렇게 소리쳤다.

민수는 한없이 미안했다. 순식이는 죽어서도 민수를 잊지 않았다.

민수는 순식이를 잊었다. 민수는 미안하다고 꾸역꾸역 소리쳤다.

얼마나 울고, 얼마나 소리치고, 얼마나 중얼거렸는지 모른다. 민수는 몸속에서 살아온 모든 시간들이 다 빠져나간 듯했다. 울음도 바닥나고, 미안하다는 말도 바닥난 상태였다. 언니 무덤에서 내려오던 시래가 문득 할 말이 남아 있다는 눈빛으로 민수를 쳐다보았다.

"민수야, 무채가 여기 있었다면 얼마나 좋아할까? 아마 널 업고 겅중겅중 뛰었을 거야. 난 그동안 은밀하게 무채를 찾아다녔어. 서울 사는 친구들도 찾아가고, 친척들도……. 근데 언제부턴지 슬슬 두려워진다, 왜 그런지 알지?"

민수는 아직 때가 아니라서 무채가 나타나지 않고 숨어 있는 거라고 말했다.

얼마 전에는 겁쟁이 대통령 최규하가 스스로 물러나고, 한 도시를 지옥으로 몰아넣었던 전두환이 그 자리에 오르지 않았던가. 그러니 무채는 지금 눈과 귀를 막고 살고 있을 것이다. 그러면서 또 다른 축제를, 또 다른 가장행렬을 준비하고 있을 것이다.

· · ·

민수는 살구가 주렁주렁 열린 나무 아래서 노는 아이들을 그렸다. 순식이를 생각하다 보니까 은연중에 그런 풍경이 떠올랐다. 살구는 순식이가 가장 좋아하는 과일이다.

민수가 친구 무덤가에다 살구나무를 심어도 되냐고 어머니한테 묻자, 어머니는 환하게 웃으며 고개를 끄덕였다. 봉분도 없으니까 곧 골짜기에서 지워질 텐데, 나무가 무럭무럭 자라면 그것이 자연스럽게 무덤 표식이 될 것이고, 살구가 달리면 순식이를 비롯하여 세상 모든 것들이 다 좋아할 것이다. 민수는 그 말을 듣고 집 뒤란에서 자기 키 만한 살구나무를 파다가 심었다.

그것을 본 시래 어머니가 찾아오더니, 당신 딸 무덤가에도 나무 한 그루 살게 해 달라고 부탁했다. 부슬부슬 비가 오는 날, 민수는 시래네 뒤란에서 살던 앵두나무를 파다가 언니 무덤가에다 심어 주었다. 시래 어머니는 고맙다고 하면서, 당신 딸은 유독 하얀 앵두꽃을 좋아했다고 눈시울을 붉혔다.

민수는 아버지 무덤가에도 동백을 세 그루나 심었다. 동백은 실버들 다음으로 민수가 좋아하는 나무다. 어머니는 가만히 바라다보기만 했을 뿐, 그 어떤 말도 하지 않았다.

소천 할머니가 찾아와서 대문 앞에다 해당화를 심어 달라고 하자 민수는 괜히 울컥했다. 왜 그것을 대문 앞에다 심고자 했는지, 속마음을 알기 때문이다. 해당화는 무채가 가장 좋아하는 나무다.

민수는 소천 할머니네 대문 앞에다 해당화 발을 묻으면서 줄곧 무채의 손을 생각했다. 무채는 손으로 열정을 표현하는 사람이다. 특히 나무를 심거나 기타를 칠 때면 어찌나 열정적인지, 그 눈에서 거부할 수 없는 정직한 힘이 느껴졌다. 민수는 그런 힘을 배우고 싶다. 소천 할머니가 아침마다 그 해당화 앞에다 정화수를 모셔 놓고 기도한다고 어머니가 말하자, 민수는 더 정성껏 그 나무를 보살폈다.

어머니는 나무 심는 일이 힘들면 그만두라고 했지만, 민수는 행복하다고 웃었다. 힘들기는 해도 묘한 뿌듯함과 자랑스러움이 온몸에서 솟구쳤다. 무채처럼 손으로 열정을 표현하고 싶은데, 그게 맘대로 되지 않아서 아쉬울 뿐이다.

호동이 할머니도 나무를 심어 달라고 부탁했다. 할머니는 직접 회화나무를 사 왔다. 공부 잘하는 선비를 상징한다는 그 나무는 너무 커서 민수가 1주일이나 땅을 파고 뿌리를 묻어야 했다. 아무튼 그 나무를 심자마자 호동이 할머니는 가지에다 오색실을 매달았다. 손자가 공부 잘하게 해 달라고 빌고 또 빌어댄다는 말을 듣자, 민수는 이제야 호동이한테 무엇인가를 해준 것 같아서 마음이 편안했다.

다른 사람들도 민수에게 나무를 심어 달라고 부탁했다. 민수를 바라보는 사람들 눈빛이 달라졌음을 어머니는 날마다 느낄 수 있었다. 민수가 나이는 어려도 나무를 심는 품이 예사롭지 않다고 하면서, 뭔가 알 수 없는 성스러운 힘이 몸속으로 들어와 있다고 말하는 사람도 있었다.

민수는 나무를 심고 나면 순간적으로 주위가 고요해서 갑자기 다른 세상 같은 느낌이 들었다. 몸 절반을 땅속 침묵에서 살아가는 나무는 영원한 고요 속으로 초대할 수 있는 마법을 갖고 있다. 민수는 그렇게 확신했다.

집, 무덤가, 골목, 길가, 냇가, 산기슭 등, 나무가 살아갈 수 있는 곳이라면 어디든 가리지 않고 나무를 심었다. 나무를 심고 나면 땅을 밟는 발 무게가 느껴지고, 심장의 무게가, 생각의 무게가, 웃음의 무게가 느껴졌다.

나무는 늘 외로운 침묵을 먹으면서 자신을 단련시킨다. 그러면서 자기 존재를 돌아다보게 하는 힘을 키운다. 그런 힘이 느껴질 때마다 민수는 뭔가 알 수 없는 노래를 부르는 기분이었다. 그리고 봄비가 시냇가에서 걸어오던 날, 눈에서 글자들이 살아나기 시작했다.

15

뻐꾸 씨에게 보내는 사연

민수가 글씨를 읽게 되자, 시래가 책을 보냈다. 책상에는 온 갖 책들이 쌓여 갔다. 민수는 그 책을 읽지 않았다. 눈으로 글 자 인식이 가능해졌을지 몰라도 막상 책을 보려고 하면 이상하 게도 불안해지고 묘한 두려움이 꿈틀거렸다. 다시 글자 인식이 흐려질 것만 같은 공포였다고나 할까.

민수는 시래한테 더 이상 책을 보내지 말라고 편지를 보냈다.

시래의 답장은 길고 명랑한 문체로 이어졌다. 책이야 보든 안 보든 상관없다면서, 언젠가는 그것이 도움이 될 것이라고 확신

한다면서.

　그걸 어떻게 확신하냐고? 히히히, 내가 직접 겪어 봤으니까.
　나도 생을 포기할 만큼 어둡고 힘들 때, 무채가 책을 보내 줬거든.
　그때도 이렇게 말했어. "시래야, 네가 알다시피 난 공부를 잘하는 것도 아니고, 책을 많이 본 것도 아냐. 그래서 무슨 책이 너한테 도움이 되는지 몰라. 그러니 내 맘대로 사서 보낼 수밖에 없어. 언젠가 네가 그 책들을 보게 된다면, 네 맘대로 골라서 읽고, 도움이 되지 않는 책들은 버려도 돼."
　민수야, 나도 그 말을 똑같이 되풀이할 수밖에 없지만, 그래도 난 책으로부터 많은 도움을 받았다는 말은 꼭 하고 싶어. 언젠가 네가 우리 집에 와서 이런 말을 했어. "누나, 이 책 다 본 거야?"
　그때 난 이렇게 말했지. "민수야, 난 절반도 읽지 못했어. 나머지는 살아가면서 천천히 볼 거야."
　민수야, 난 책을 통해서 처음으로 철학으로 초대를 받았고, 문학으로도 초대를 받았고, 만약에 대학에 간다면 심리학을 공부해서 사람들 마음을 어루만져 주고 싶다는 생각을 했어.

책이 시래에게 꿈을 주었다는 말이, 민수를 한동안 멈추게 했다. 민수는 심리학을 공부해서 사람들 마음을 어루만져 주고 싶다는 시래가 부러웠다.

그때부터 민수는 책을 읽으려고 애를 썼다. 민수는 교과서 외에는 거의 책을 보지 않았다. 어려서는 달달한 동화책 한 권 맛보지 못했다.

아니, 딱 한 권을 본 기억이 난다. 작년에 부하였던 중앙정보부장 김재규의 총에 맞아 죽은 박정희 삶을 다룬 위인전이다. 학교에서 나눠 준 그 책을 읽고 독후감 숙제를 몇 번이나 써 냈지만 감동은 크지 않았다. 왜냐면 그는 어렸을 때부터 너무나도 천재적인 소년이었기 때문이다. 오히려 그보다 더 평범한 권투선수 박찬희 삶이 더 감동적이었다고나 할까.

책 속에 들어 있는 문장을 이해하기 위해서는 그것을 해독하는 요령이 있어야만 한다. 글자는 알아도 해독 가능한 단어가

너무 적어서 한 문장을 오롯이 이해하기도 쉽지 않다. 그러니까 책이란 글자를 안다고 해서 이해할 수 있는 것이 아니다. 더구나 문화와 이름까지도 다른 외국 책들은 더욱 이해하기가 힘들다. 그래도 책을 볼 수 있었던 것은, 시험을 보기 위한 행위가 아니었기 때문이다. 아무도 민수가 읽은 책에 대한 평가를 하지 않는다. 그러다 보니 느리기는 해도 점차 책 속을 여행하는 것이 두렵지 않았다.

민수는 문학이나 철학보다 자연과학책을 좋아했다. 모기, 파리, 진드기, 미생물에 대한 끝없는 이야기, 그런 우주 속으로 빠져들 때마다 신비로운 환상까지 만끽할 수 있었다. 만약에 대학에 간다면, 꼭 생명을 연구하는 사람이 되고 싶다.

• • •

아까시 꽃 비린내가 물씬 풍긴다. 그 하얀 살 비린내가 콧속으로 몰려드는 순간 자꾸만 총소리가 귀에 울리면서 무서운 기억이 덧나려고 했다. 그때마다 민수는 코를 후비면서 어머니를 따라 소천 할머니네 집으로 들어섰다. 어머니는 멥쌀이 든 바가지를 하얀 보자기에다 감싼 채 안고 있다. 소천 할아버지 제삿 날이다.

이곳 사람들은 제삿집에 갈 때 꼭 하얀 멥쌀을 들고 간다. 보리쌀도 아니고, 좁쌀도 아니고, 과일이나 고기도 아니고, 돈도 아니고 꼭 쌀이어야 한다. 언젠가 민수는 그 이유를 어머니에게 물은 적이 있다.

"귀신도 쌀을 좋아하니까 그러지. 쌀은 밥잉께, 밥은 살잉께, 살아가는 힘잉께. 귀신도 밥을 먹어야 그 세상에서 잘 살아간다는 뜻이것제. 그만큼 쌀이 중요하다는 뜻이것제!"

민수는 알 것도 같고, 모를 것도 같다. 그러면서 도시의 큰길 가에다 가마솥을 걸어 놓고 쌀을 익혀 주먹밥을 빚어내던 그날의 풍경이 그려졌다. 그것을 얻어먹었을 때, 민수는 묘한 힘을 느꼈다. 그것은 단순하게 밥이라는 힘을 넘어선 것이었으니, 쌀은 아낌없이 자기 살을 내주어 다른 생명을 키워 내면서 그 존재의 마음까지 단단하게 해 주었다. 어쩌면 쌀이야말로 진짜 신인지도 모른다.

제사를 마치고 소천 할머니가 민수에게 비밀스럽게 속삭인다.

"민수야, 민수야, 살아 있으끄나?"

민수는 단 1초도 망설이지 않고 대답했다.

"저는 무채 형이 죽었다는 생각을 한 번도 해 본 적이 없어요. 때가 되면 돌아올 겁니다."

"글지야? 그래그래 나도 그렇게 생각한다. 암, 그렇고말고."

소천 할머니는 고맙다고, 민수 손을 꼭 잡아 주었다.

그동안 소천 할머니는 은밀하게 무채를 찾아다녔다. 특히 광주에 가서, 그 봄날의 상처 속을 더듬거리다가 돌아올 때면 영혼조차 그곳에다 두고 온 것처럼 얼굴이 희미했다. 워낙 희고 맑은 얼굴이라서 실핏줄이며 뼈까지 다 드러났으니, 인간의 시간 속에서 완성되는 늙음의 깊이를 초월하여 이미 다른 세상의 얼굴이 들어와 있는 것 같았다. 주름골 하나 물결치지 않아도, 검버섯 하나 돋아나지 않아도, 할머니는 다른 노인들보다 몇 천 년쯤 더 늙어 보였다.

소천 할머니가 집을 비울 때면 어머니가 가서 군불을 살려 따뜻한 피가 그 집 구석구석 돌게 하였다. 실종자 가족이라고 하는 분들이 마을에 찾아와도 할머니는 만나지 않았다. 자식이 실종되었다는 사실을 드러내 봤자 이로울 게 없다는 것이 소천 할머니의 절대적인 판단이었다.

소천 할머니는 한국전쟁 때 사촌 동생을 잃었다. 큰아버지 셋째 딸이었고, 그때 나이가 고작 열 살이었다. 마을에 들어온 인민군은 우물 맛이 좋기로 소문난 큰아버지네 집을 자주 들락거리면서 사촌 동생을 유독 예뻐했다. 그중에서도 17살짜리 어린 인민군이 있었는데, 그는 틈만 나면 큰아버지네 집에 와서 사촌 동생에게 먹을 것을 주었다. 인민군이 물러가자 큰어머니는 혹시 딸이 부역자로 몰릴까 봐 뒤란에다 굴을 파고 숨겼다. 그러자 주변 사람들이 당신 딸은 아직 어리고, 특별하게 인민군을 도운 것도 아니기 때문에 그냥 자수하면 선처받을 것이라고 했다. 큰어머니는 그렇게 하였다. 다음 날 딸은 읍내 경찰서로 끌려갔다. 그러고 다시는 얼굴을 볼 수 없었다. 어디서, 어떻게 처형을 당했는지 알 수 없었다. 큰어머니는 딸의 유골이라도 수습하고자 했지만 찾을 길이 없었다. 몇 년 뒤 큰어머니는 정식으로 경찰서에 찾아가서 이 문제를 제기했다. 안타깝게도 딸 죽음에 대한 그 어떤 답도 들을 수 없었고, 빨갱이 집안이라는 오명만 뒤집어쓰게 되었다. 걸핏하면 큰아버지 내외는 경찰서로 불려가서 조사를 받았고, 세 아들은 신원조회에 걸려서 제대로 취업조차 할 수가 없었다. 그러자 큰아버지는 남은 가족을 데리고 이민을 가 버렸다. 도저히 이 나라에서는 살 수 없다고 하면서, 한국에서 가장 먼 남미로 떠나 버렸다.

소천 할머니네 집안은 그렇게 아픈 역사를 품고 있었다.

• • •

가을은 한 생을 열심히 살아 낸 얇은 이파리에 매달려 떨어진다. 그렇게 가을 시간도 땅으로 돌아가고 있었다. 민수는 시냇물을 따라 걸어가다가 우체부를 만났다. 언젠가 귀신에게 홀려서 혼이 난 바로 그분이다. 우체부는 오토바이를 멈추고 한동안 환하게 웃으면서 어머니 안부를 묻더니, 마침 잘 만났다는 표정으로 가방에서 편지를 끄집어낸다.

봉투에는 선주선이라는 이름이 적혀 있다. 누구지? 혹시 무채 형이 가명으로 편지를 보냈을지도 모른다고 생각하다가, 1학년 때 짝꿍의 이름이라는 사실을 뒤늦게 기억했다.

대체 그 아이가 왜 편지를 보냈을까.

민수야, 잘 있니?

네가 휴학하고 시골로 내려갔다는 말을 듣고 참 슬펐다.

그때, 우리 반 친구들 마음이 다 똑같았다. (이건 분명하다. 당시 휴교령이 풀리고, 다시 돌아온 교실에서 텅 빈 네자리를 보고 우린 다 놀라고 안타까워했어. 그때 너희 시골집에 가서 위로하자는 의견도 있었는데, 선생님이 말려서 못 갔어. 여러 가지 상황으로 그렇게 하지 않는 게 좋겠다고.)

아무튼 우리 반 친구들은 네가 무사히 돌아오기만을 바랐는데, 이렇게 시간이 많이 흘러도 돌아오지 못할 줄은 몰랐어. 잘은 모르겠지만, 넌 학교생활에 잘 적응하지 못하는 것 같았어. 그래도 난 시간이 지나가면 나아질 것이라고 믿고 있었다.

네가 무슨 이유로 계엄군에게 잡혀가서(우린 그렇게 생각하고 있다) 큰 고초를 당했는지 모르겠지만……

민수는 뭉클해진다. 갑자기 그 꽃이 떠오른다. 고등학교 입학선물로 무채 형이 건네준 동백꽃을 안은 기분이라니! 어쨌든 많은 시간이 흘렀다. 민수의 시간은, 극락강 앞에서 계엄군에게 잡혔을 때부터 실종된 상태였다. 실제로 민수는 날짜를 헤아려 본 적도 없다. 오늘이 어제 같고, 어제가 오늘 같은 날의 연속이다.

이제 얼마 뒤면 우린 3학년이 된다.
갑자기 네 생각이 났다. 1학년 때 우리 반이었던 몇몇 친구들이랑 연락하는데, 그 친구들도 다 너를 기억하고 있더라.

친구들이 나를 기억하고 있을 줄은 몰랐어!
민수는 뜨거운 침을 꼴깍 삼켰다.

네가 아파한 시간은 너만의 시간이 아니야. 그때 광주에서 살았던 모든 사람들은, 다들 그렇게 아파하면서 살고 있지 않을까?
나도 그렇거든. 물론 너만큼은 아니겠지만. 그래서 그 시간을 잊지 않으려고 하고 있어. 그러니 너도 힘내기를 바란다.

민수는 그때 교실에서 찰랑거리던 눈동자들을 기억하려고 눈을 감았다. 그러면 그럴수록 머리가 아플 뿐, 그 어떤 눈동자도 복원되지 않았다. 몇 번이나 편지지 위에다, 선주선에게……그렇게 시작하다가 뒤를 채우지 못하고 고개를 흔들었다. 그 도시와 학교만 생각하면 가슴이 떨리고 다시금 귀에서 이상한 소리가 울린다. 아, 무섭다. 두렵다.

* * *

12월 첫 번째 토요일 저녁, 시래가 그악스러운 진눈깨비를 달고 들이닥쳤다. 잔뜩 술에 절어 있다. 그가 그토록 헐거워지고 흐트러질 수가 있다니, 민수는 당황스러울 정도였다.

시래는 나팔꽃 줄기처럼 어머니를 두 팔로 꼭 끌어안고 울었다. 울음이 바닥을 드러내고 나서야 털썩 방바닥에 주저앉았고, 벽에다 등을 기댄 채 민수를 향해 희미하게 웃었다. 야윈 낮달 하나가 그 눈 속에서 힘겹게 노를 저어가고 있다.

"민수야! 어디선가…… 살아 있겠지?"

한숨과 함께 토해 낸 목소리는, 공기 속으로 파장해서 흩어지지 않고 고스란히 되돌아가서 시래 가슴으로 내려앉았다. 소천 할머니가 "민수야, 민수야, 살아 있으끄나?" 하고 물을 때는 단 1초도 망설이지 않고 대답했다. 이번에도 민수는 그렇게 대답하려다가 멈칫했다. 시래의 한숨 소리가 너무 컸다.

"그래, 그래, 그래, 잘 버티고 있을 거야."

그 말을 들으면서, 새삼 버틴다는 말을 곱씹었다. 어머니는 탱크하고 맞서고 있던 시민군에게도 버틴다는 말을 썼다. "한사코 살아야 쓰요. 살아야 진짜 싸울 수 있어라. 살아야 오래오래 버티면서 싸울 수 있어라. 버티는 것이 이기는 것 아니요?" 그때도 민수는 왜 어머니가 그런 말을 했는지 알 수 없었다. 그저 아버지가 떠올랐을 뿐이다. 생을 버티지 못하고 너무나도 일찍 다른 세상으로 가 버린 그 외로운 얼굴이 떠올랐다. 얼마나 버티는 것이 힘겨웠으면 아내와 자식을 두고 그렇게 서둘러 떠나갔을까. 어머니는 그런 아버지가 마루 밑에 버려진 신발보다, 길가에서 살아가는 잡초보다 소용없다고 말했다. 이제야 버틴다는 것이 무슨 의미인지, 아주 조금 알 것 같다. 버틴다는 것은 살아가는 것이다. 버틴다는 것은 누군가에게 희망을 주는 것이다.

시래의 웃음은 점점 쓸쓸하게 변해 간다.

민수는 그 웃음에다 안티푸라민을 발라 주고 싶다.

"무채 형은 대개 낙천적이잖아? 나무들처럼……, 잘 버티고 있을 거야!"

민수는 나무야말로 진짜 낙천적이라고 생각했다. 태풍이 와도 긴장하지 않았고, 바람이 휘몰아쳐도 맞서지 않고 흔들린다. 그렇게 흔들리는 것으로 저항한다. 무채가 나무를 좋아하는 이유가 따로 있었구나! 민수는 그렇게 믿고 싶다.

• • •

민수는 밤새 무채가 잘 부르던 노래를 허밍으로 읊조리다가, 그를 야구선수로 떠올렸다.

아, 홍무채 선수. 서서히 배트를 휘두르면서 타석으로 들어서고 있습니다. 고등학교 때까지만 해도 유망주였지만, 프로에 입단한 뒤로는 지금까지 10년이 넘도록 1군 무대를 밟아 보지 못했습니다. 그러니까 오늘은 1군 데뷔무대인 셈인데요. 하지만 상대는 지금 국보급 투수로 알려진······.

순간 민수는 잠깐 망설였다.

어떻게 할까. 안타를 치게 할까. 홈런을 치게 할까. 아니면, 아니면······ 그러다가 시래가 떠오르자, 얼굴이 자꾸만 희미하게 지워지려고 했다. 민수는 어떻게 해서든 안타를 치게 해야 한다고 중얼거렸다. 아니 역전 홈런이면 더 좋을 것이다.

관중 속에서 시래가 환호하고 있었다.

난 상관없어. 무채 형이 10년 뒤에 나와도, 아니 그보다 훨씬 뒤에 나와도, 내가 죽고 난 뒤에 나와도······ 근데 시래 누나는 아니야. 그래, 그건 다른 거야. 형, 그걸 알아야 해! 그걸 모르면 바보야!

네에, 홍무채 선수······, 볼 카운트 투 스트라이크 쓰리볼······. 자, 이제 공 하나만 남았습니다. 투수 와인드업, 제 7구······. 쳤습니다. 쭉쭉 뻗습니다. 센터 뒤로 따라가다가 멈춰 섭니다. 홈런! 역전 쓰리런 홈런입니다!

민수는 그렇게 중얼거리다가 잠이 들었다.

• • •

그해 겨울은 유독 추웠다. 냇물 깊은 속살까지 다 얼어붙었다.

얼음살 위로 비가 내렸다. 씨앗처럼 떨어지는 빗물 속에는 봄 초대장이 첨부되어 있었다. 민수는 순한 비를 맞으면서 시래네 시골집으로 갔다. 사람의 손은 늙어 갈수록 나무뿌리로 변해 간다. 시래 어머니도 이제 흙 속으로 들어갈 준비를 하는 그 가늘고 긴 손뿌리로 민수 손을 잡았다.

"장하다! 그래, 장해!"

그 눈빛이 잘 익은 곡식을 쳐다보는 듯했다. 그 눈빛이 부담스럽다. 민수는 아직까지 우등상 한 번 받아 본 적이 없고, 마을 사람들에게 각인이 될 만한 착한 일을 해 본 적도 없다. 그런데도 장하다고, 자꾸만 칭찬해 주니까 기분이 이상했다.

시래는 방안에서 책을 정리하고 있다.

라디오와 빗방울은 서로를 존중하면서 자기만의 방식으로 소리를 내고 있다. 폭도들은 물러가라고, 그악스럽게 토해 내던 여자 아나운서 목소리가 간헐적으로 고막에서 울린다. 그때마다 민수는 눈을 감고 호흡을 멈추었다가 크게 숨을 내뱉었다. 얼마나 시간이 지나야 그 소리가 기억에서 지워질까. 새삼 인간이라는 동물이 얼마나 무서운지 알겠다. 총칼로 무장하지 않고도, 목소리만으로도 인간은 오랫동안 괴롭힐 수 있으니까.

시래가 쓰레기를 들고 밖으로 나갔다.

시래가 분리해 놓은 책을 본 민수는 갑자기 부자가 된 기분이다. 시래는 꼭 필요한 책만 놔 두고 다 민수에게 주겠다고 했다. 민수는 이 많은 책을 자신이 가져가는 것이 맞는지, 조심스럽게 책들에게 물어보고 싶다.

그러다가 익숙한 여자 DJ 말소리가 들리자 가만히 눈을 감는다. 언젠가 무채가 홍무정이라는 여자 이름으로 펜팔 사연을 보냈던 그 음악프로 진행자다. 펜팔 사연을 듣고 무채네 집으로 찾아왔던 그 남자도 떠오른다. 이제는 그것마저 그리운 추억이다.

이번에는 음치 님이 친구 삐꾸 님에게 띄우는 사연입니다. 내 목소리가 들려도 들린다고 말할 수 없는 곳, 그런 곳에서 친구는 지금 너무나도 힘든 시간을 보내고 있습니다. 그 친구에게, 사랑한다는 말 꼭 전하고 싶다고 하셨는데요.

음치 님, 이 사연을 읽으면서 제 마음이 아리고 찡했습니다. 내 목소리가 들려도 들린다고 말할 수 없는 곳이라면, 대체 어디일까요? 네, 저도 한동안 멍해졌습니다. 부디 이 음악이 그분에게, 아니 두 분에게 위로가 되기를 바랍니다. 친구 삐꾸 님이 기타를 치면서 가장 즐겨 불렀다는 노래, Smokie의 'Living Next Door to Alice'입니다.

삐꾸라는 말을 듣는 순간, 어느새 무채의 무늬들이 머릿속에서 산란하고 있었다.

삐꾸 즉 피크를 다루는 무채의 손은 마법 그 자체였다. 무엇이든 그 손에 잡히면 아름다운 선율을 연출해 내는 장인으로 둔갑했으니까. 화투장은 그가 즐겨 쓰는 피크였고, 장판 조각이며 망가진 펜촉이나 연필, 플라스틱 자, 볼펜, 단어장도 피크 후보였다. 그것도 없으면 성냥개비, 나뭇가지와 돌멩이, 심지어 단추와 옷핀도 피크가 되는 행운을 누렸다.

그런데 음치라는 말이 민수를 혼란스럽게 하였다. 음치라니?

시래가 흥얼흥얼 노래를 읊조리는 것이야 종종 보았지만, 큰소리로 노래하는 것을 들어본 적은 없다. 진짜 시래가 음치일까? 모르겠다.

삐꾸라는 별명도 마찬가지다. 민수는 시래 입에서든 무채 입에서든 그런 말이 나오는 것을 들어보지 못했다. 그러니 지금 라디오에서 흘러나오는 사연을 시래가 보낸 것이라고 확신할 수는 없다. 그래도 시래가 보낸 사연이라고 믿고 싶다. 은연중에 민수 눈에서 눈물이 흐르면서, 무채가 가장 좋아했던 노래 Smokie의 'Living Next Door to Alice'를 읊조린다.

• • •

소천 할머니 혼불은 장맛비가 구슬픈 가락으로 쏟아지던 날, 마지막 작별을 고하듯 지붕 위에서 몇 바퀴 돌더니 뒷산으로 너울너울 사라졌다.

소천 할머니 지휘를 받으면서 마당 곳곳에다 민수가 심어 놓은 나무들이 천막의 기둥 노릇을 하고 있다. 듬성듬성 앉아서 음식을 먹던 조문객들은, 다들 그 천막을 보면서 한 마디씩 던졌다. 소천 할머니가 초상 치르기 좋게 하려고 민수를 불러 나무를 심은 모양이라고.

발인하기 전날 저녁에 시래가 마당으로 들어왔다. 민수는 시래가 빈소에서 나오자 꽃상여 앞으로 걸어갔다. 저 상여가 꽃가마라면 얼마나 좋을까. 무채랑 시래가 타고 가는, 꽃으로 치장된 택시라면 얼마나 좋을까. 그런 생각을 하다 보니 무채가 더 그리웠다.

민수는 꽃상여를 보자 소천 할머니 얼굴이 더욱 또렷하게 살아났다. "민수야, 민수야, 살아 있으끄냐?" 자꾸 그 말이 고막에서 재생되었다. 민수는 그때처럼 "예, 살아 있을 겁니다. 저 마당에 있는 나무들처럼 잘 버티고 있을 겁니다. 두고 보세요. 꼭 돌아올 테니까요!" 하고 또박또박 중얼거렸다.

시래는 민수가 심어 놓은 해당화 앞에서 한동안 움직이지 않았다.

민수가 골목을 벗어나자 시냇가로 이어진 길이 나왔다. 모든 길의 숙명은 세상과 세상을 이어 주고 생명과 생명을 만나게 해 주니까, 저 길을 따라가다 보면 무채가 사는 다른 시간 속을 밟을 수 있을 것이다.

그런 상상이 민수를 시냇가로 끌고 갔다. 시래도 따라왔다. 시냇물 소리가 점점 커졌다. 민수가 가장 많은 시간을 보내고 있는 나무다리가 보였다. 다리 옆에 서 있는 실버들은, 그 많은 머리카락 하나 움직이지 않았다. 그제야 민수는 시래가 쓴 우산을 보았다. 노란색이다. 순간 노란 우산 쓴 여자를 실버들 사이에다 넣어 달라고 하던 무채의 눈빛이 떠올랐다. 어쩌면 무채는 민수가 그린 그 그림 속에 숨어 있는지도 모른다.

우산을 때리는 빗소리 울림도 느껴지지 않았다. 빗소리가 커지면, 그 소음이 다른 소음까지 잡아먹어 돌연 세상은 침묵 속으로 빠진다. 빗소리는 이 세상 경계를 지나 어느 아득한 곳까지 흘러간다. 민수는 그렇게 믿고 싶다. 무채가 그런 경계 너머에 있다고 할지라도 지금은 이곳으로 와서, 그들을 지켜보고 있을 것이다. 다만 눈에 보이지 않을 뿐이라고. 민수는 그런 상상을 하였다.

"누나, 우리 엄마가 소천 할머니 임종을 지켜봤는데, 무채 형이 돌아오면 어미가 도시로 쫓아낸 것을 두고두고 미안해했다고, 한스러워했다고, 농촌에서 꽃처럼 살고 싶었던 자식을, 죽음의 구렁텅이로 어미가 밀어 넣었다고, 그런 말을 해 달라고 하면서, 마당에다 나무집 짓고 예쁘게 살아 달라고 했대. 근데 소천 할머니가 잘못했을까? 자식을 촌에서 살지 못하게 도시로 쫓아낸 것이 잘못이었을까?"

"글쎄? 모르겠다. 다만 소천 할머니로서는 어미로서 최선을 다했으니까……, 무채도 그랬을 거야. 그저 최선을 다하고…… 다들, 다들 그런 거지. 너도 그렇고, 나도 그렇고……."

그들은 시냇물을 따라 걸었다. 물이 걸어가는 것이나 길이 걸어가는 것이나 사람이 걸어가는 것이나 다 똑같다. 억지로 이끌 수는 없다.

민수는 집에 오자마자 스케치북을 끄집어냈다. 무채가 실버들 숲에 있는 나무다리에 앉아서 기타 치는 것을 그린다. 그 영원 속으로 노란 우산을 쓴 여자가 걸어가고 있다.

민수가 그림으로 표현한 비망록이다. 기억하기 위해서, 잊지 않기 위해서 비망록을 생각한 것이 아니다. 어딘가에서 외롭게 살아가고 있을 무채를 지지해 주고 싶다. 언제까지나, 언제까지나 믿고 싶다. 위로해 주고 싶다.

16

어린 축제는 끝나지 않았다

  추석을 며칠 앞두고 서울에 다녀온 어머니가 조용하게 민수를 불렀다.

  "민수야! 엄마가 보기에는 이제 다시 공부할 때가 된 것 같은데 니 생각은 어떠냐? 이제 고등학교를 다니는 것은 힘들지 않겠냐? 검정고시를 준비해야지. 서울로 가거라. 외삼촌네 집 근처에다 방 하나 얻어 둘 텡께, 네 마음이 정리되는 대로 가서 검정고시를 준비해라."

  민수도 신중하게 고민하고 있다고 대답했다. 시래도 몇 번 그런 언급을 한 적이 있었다. 그때도 민수는 고민하겠다고만 대답했을 뿐이다. 현실적으로 검정고시를 선택하는 것이 가장 현명한 일이다. 민수도 알고 있다. 그런데도 선뜻 내키지 않고, 가슴이 답답해진다.

살아갈 수 있을까. 서울에 가서, 아무렇지도 않게 살아갈 수 있을까? 눈을 감고 자신에게 물어본다. 순간 까마득히 멀어져 있던 짝꿍 얼굴이, 선주선이라는 얼굴이 점차 또렷해졌다. 그 아이 뒤에 앉았던 왕 여드름이 유독 많았던 아이, 그 여드름쟁이 뒤에는 늘 짝다리로 걷던 아이, 그 옆에는 택견을 배운다면서 틈만 나면 발차기 연습하던 아이, 그 앞에는 자기는 키가 작은데 왜 번호가 밀려서 뒤쪽에 앉아 있는지 모르겠다고 불평을 달고 살던 아이, 그 앞에는 웬만한 여자들보다 더 예쁘게 생긴 아이, 그 옆에는 입만 열면 뻥 치면서 개그맨을 꿈꾸던 아이가…… 그렇게 하나하나 둥글둥글한 무늬로 아른거린다.

민수는 아이들 울림이 느껴지는 대로 그들을 스케치하고 시간의 색을 입혔다. 교실 칠판 속에서 아이들 목소리가 찰방찰방 끓어 넘쳤다.

민수의 일은 남의 일이 아니라고 생각해 → 맞아, 우리

모두의 일이야. 민수가 무슨 잘못을 저지른 것은 아니잖아? 재수가 없었을 뿐이지. → 우리가 그때 눈으로 봤잖아? 광주 시민들이 무슨 잘못이 있냐? 더구나 민수가 무슨 잘못을 했냐고? → 지금 생각해도 소름 끼치고 무서워서 잠이 안 온다. 난 밤에 공부할 때도 불빛이 밖으로 새어 나가지 않게 창문에다 커튼 치는 버릇이 생겼어. → 난 나중에 군대 갈 수 있을지 모르겠다. 지금 같아서는 무조건 군대 거부하고 싶어. 무서워. 내가 군인이 되었을 때 또 계엄군으로 출동하는 사태가 발생하면 어떡해? → 나도 나중에 군대 가는 게 두렵다. 아무튼 절대 민수를 잊어서는 안 된다고 생각해…….

민수는 그 칠판을 상상하면서 편지지를 끄집어냈다. 대학입시가 치러진 날이었다.

짝꿍, 선주선에게.

오늘 대학입시인 학력고사가 치러진 날이야. 갑자기 1학년 때 같은 반이었던 친구들이 하나씩 떠오른다. 이렇게 또렷해질 수 있다니, 인간이란 참 대단한 생명체라는 생각이 들어. 어쩌면 그때 우리 반 아이들이, 나를 잊지 않고 기억해 주어서 이런 일이 가능했는지는 몰라. 작년에 네가 보낸 편지를 보고 또 본다. 고맙다. 그때 교실에 있었던 모든 친구들이 고맙다. 진심으로 고맙다! 꼭 그 말을 하고 싶다.

작년에 너한테 편지를 받고 몇 번이나 답장하려고 했지만, 쓸 수가 없었어. 그저 미안할 뿐이야. 그래도 이렇게 너한테 편지를 쓸 수 있게 되어서 다행이다.

시험을 잘 봤지? 넌 늘 단단한 마음을 가진 것처럼 보였어. 네가 노력한 만큼 성적이 나와서, 네가 원하는 대학에 가기를 바란다. 네가 어떻게 생각할지 모르겠다만, 난 너에게 자랑스럽다고 박수를 보내고 싶다. 그때 내 눈에 어떤 환상처럼 보였던 모습들, "시민 여러분 해방되었습니다……." 하고 외치던 소리를 듣고 나왔을 때의 낯선 풍경들, 누구나 다 진짜 해방된 것처럼 박수치던 그 풍경들을 떠올리면서, 그날처럼 박수를 보내 주고 싶다.

민수는 단숨에 써 내려간 편지를 부치고, 아버지 산소를 찾아갔다. 작년에 심은 동백나무가 제법 살이 올라 있었다. 이제 머잖아 땅속에서 빨간 물감을 빨아올려 동그랗게 꽃송이를 빚어낼 것이다. 꽃들이 가지마다 가득 찼으면 좋겠다. 누군가 꽃을 많이 꺾어 갔으면 좋겠다. 뭔가 축하할 일이 많았으면 좋겠다. 날마다 잔칫날이었으면 좋겠다. 아버지도 좋아할 것이다.

순식이한테도 갔다. 멀리서 보아도 또렷하게 보일 만큼, 이제는 주위에 있는 나무들에게도 무시당하지 않을 만큼 살구나무가 자랐다. 민수는 순식이가 그 나무를 보살피고 있다고 확신하면서, 중얼중얼 말했다. 살구가 열리면 마음껏 따 먹으라고. 먹고 싶은 다른 과일이 있으면 언제든 꿈속으로 들어와서 말하라고.

그날 밤에는 어머니랑 같이 시냇가로 산책을 나갔다. 하늘을 도배한 구름무늬를 헤치고 왕림한 달님이 민수 앞에 풀어진 서툰 길을 비추어 주었다.

"엄마, 요즘 생각이 많아졌어요. 너무 오래 쉬었다가 다시 시작하려고 하니까, 그러는 것 같아요. 더구나 저는 고등학교도 제대로 다니지 않았잖아요? 1학년 때 짝꿍이었던 친구한테 편지 보냈어요. 나를 잊지 않고 기억해 줘서 고맙다고요. 그 친구가 보고 싶어요. 그때 교실에 있던 아이들이 나를 잊지 않고 있더라고요. 아무도 날 기억하지 못할 줄 알았거든요. 워낙 제가 존재감이 없는 아이라서요. 엄마도 눈치챘겠지만, 난 전혀 학교 생활에 적응하지 못했어요. 시골에서 공부에 대한 별다른 스트레스 없이 살다가, 대학입시를 향해 맹렬하게 진격해 가는 고등학교에 가자마자 숨이 막히고 무섭더라고요. 그니까 그해 봄이 다 가도록 제대로 말을 해 본 친구들도 거의 없어요. 난 그냥 유령 같은 존재였어요. 늘 그곳이 나한테는 맞지 않는다고만 생각했고, 진짜 무섭게 공부만 해 대는 아이들한테서 동질감을 느낀 적이 없거든요. 같은 교실에서 숨 쉬고 있기는 해도, 서로 경쟁자이니까, 누군가를 밟고 올라서야만 하는 경쟁자이니까, 가끔은 정체불명의 무서운 적이라는 생각도 했으니까요. 그런데 그 아이들이 보고 싶어져요. 엄마, 내가 3년간 쉬면서 얻은 게 있다면 그거예요. 정체불명의 적 같았던 아이들이 보고 싶다는 거요."

어머니는 가만히 민수 말을 듣고 있다가, 그 손을 꼭 잡아 주었다.

"보고 싶은 것처럼 소중한 마음이 또 있을까? 보고 싶다는 것은, 보고 싶다는 것들이 살아 있다는 것이고, 보고 싶다는 것들도 너를 생각한다는 뜻이여. 서로를 소중하게 생각했다는 뜻이지. 죽어 불면 그러지 못하거든."

민수는 어머니 눈빛이 아버지 산소가 있는 산모퉁이 쪽으로 향하고 있다는 것을 알았다. 민수는 가만히 숨을 쉬었다.

"니가 살아 있응께 가능한 거시어."

어머니는 냇물에다 의지하고 살아온 실버들에다 야윈 몸을 기댔다. 침묵이 흘렀다. 어머니가 살아온 시간보다 길게 느껴졌다. 그러다가 흘러나온 어머니 목소리는 냇물 소리와 너무도 똑같았다.

"요새는 안티푸라민 안 바르냐? 이제 냄새가 안 나는 것 같아서야."

"안 바른 지 꽤 된 것 같아요. 그래도 항상 가지고 다니기는 해요."

어머니는 다시 침묵했다.

"조금만 기다려 주세요. 곧 결정할게요. 검정고시를 준비할지, 아니면……"

민수는 호주머니 속에 든 안티푸라민을 만지면서 말을 이어 간다.

"돌아가야 하지 않을까? 내가 멈춰 버린 곳으로……, 그런 생각도 해요. 암튼 조만간 결정을 할 거예요."

어머니는 마을 어느 집에선가 개 짖는 소리가 일어나자 춥다고 마을 쪽으로 걸어갔다. 민수가 뒤따라가자 간신히 귀에 들릴 정도로 말했다.

"민수야, 니 마음이 가는 곳으로 따라가면 될 것이다. 어떻게 살든, 나무 심는 것만이로 살면 될 거시어. 나무 심는 것만이로……."

달빛에 온몸을 절여 가던 민수는 꼼질꼼질 발가락이 땅속으로 흘러드는 상상을 했다.

• • •

12월인데도 봄날처럼 따뜻하다. 도시는 짙은 안개에 겹겹이 싸여 있다. 시외버스에서 내린 민수는 오히려 이 안개가 반가웠다. 민수가 살았던 그 버스 종점에다 본부를 두고 있는 안개들이 마중 나왔다.

　새벽 첫차를 탄 것은 다분히 충동적이었다. 어젯밤에 민수는
어머니한테 1학년 때 친구를 만나고 오겠다고 했다. 어머니는
뭐라 묻지 않고 고개를 끄덕여 주었다. 민수는 짝꿍 전화번호
도 모른다. 그러니 미리 약속을 잡은 것도 아니다. 무작정 학교
로 가면 만날 수 있으리라는 믿음만 갖고 있었다. "근디 왜 새벽
에 나서냐? 천천히 가서, 학교 끝나고 봐도 될 것인디……." 어
머니가 그렇게 물었을 때 이렇게 대답했다. "그냥요. 그냥, 내
친구들이 등교하는 걸 보고 싶어서요. 지금은 어떤 표정으로
학교에 가는지 보고 싶어서요. 1학년 때는 잔뜩 긴장한 채로,
몸은 약간 굳어 있는 로봇 같았거든요. 그리고 학교 가 보고 싶
어요. 그때 휴교령 떨어지던 날, 그날 참 좋았거든요. 교문 앞
에서 선생님들이 나와서 배웅해 줄 때……. 괜히 그런 생각이
자꾸만 나요. 학교란 어떤 곳인가 그런 생각도 들고요. 그래서
요." 민수는 지금도 그런 생각을 하면서 시내버스를 탔다. 거리
풍경은 별로 달라진 게 없다. 하지만 학교 앞에 내리자마자 자
꾸만 발을 헛딛는 것 같아서 한동안 당황했다.

　민수는 어머니랑 담배 피우던 그 시민군을 찾으려고 두리번

거린다. 아무도 없다. 엄청난 속도로 차들이 질주하고 있을 뿐이다. 그 의병들은 다 어디로 가 버렸을까? 민수보다 더 어린 아이부터 아버지 또래 어른들까지, 총만 놓아 버리면 이웃집 아저씨이자 형이고 동생 같은 얼굴들은 어디에도 없다. 그들은 어떻게 되었을까? 무채처럼 군인들이 찾을 수 없을 세상으로 숨어 버렸을까. 아니면 죽어서 영혼들이 사는 곳으로 가 버렸을까. 그때 민수만큼 어린 의병은 태극기가 수놓아진 머리띠를 하고 있었다. 태극기가 그 어린 전사를 지켜 주지 못했구나! 아무도 지켜 주지 못했구나! 민수는 눈을 감고 가로수에다 몸을 기댔다. 이곳이 시민군과 계엄군이 맞섰던 최전선이었다고 누가 믿을까. 시간이란 이렇게 무섭다. 시간이란 현재를 지배하는 자들의 편이다.

라디오가 없었다면 영원히 그곳에서 굳어 버렸을지도 모른다.

민수는 노란 잠바 호주머니에서 라디오를 끄집어낸 다음 이어폰을 귀로 가져간다. 그때부터 발이 천천히 움직인다. 학생들을 따라서 골목으로 들어선다. 무거운 가방을 든 학생들은 역시 로봇처럼 걸어간다. 달라진 것은 하나도 없다. 교문이 보인다. 민수는 이어폰을 빼서 호주머니에다 넣었다. 학교와 세상의 경계에 서 있는 선도부들을 보는 순간 숨이 탁 막힌다. 하마터면 "계엄군이다!" 하고 소리칠 뻔했다. 총만 들지 않았을 뿐이지 계엄군이랑 똑같다. 계엄군은 학생 때부터 만들어지는구나! 어쩌면 학교는 오래전부터 계엄령이 내려져 있는 상태일지도 모른다. 그러지 않는가. 학생들은 저곳에 들어가고 나올 때도 검문을 당하고, 통제당하고 있지 않은가. 뭐가 두려워서 그들은 학생들을 통제하려고 할까. 다시 저런 곳으로 돌아가야 한단 말인가.

민수는 학교 담 쪽으로 붙어서 저도 모르게 뒷걸음질 친다. 괜히 왔다. 괜히 왔어, 하고 중얼거리다가 누군가 다가오는 것을 보았다.

"야, 너, 어, 홍민수 맞지?"

"어, 근데 누구지?"

민수보다 작고, 여드름이 유독 많은 얼굴이다. 누굴까? 그가 씩 웃으면서 악수를 청했다. 민수는 얼결에 그 손을 잡았다.

"그래, 그럴 거야. 나도 너처럼 존재감 없는 아이였으니까. 난 안성민이다."

아, 안성민! 그제야 아련하게 이름이 기억난다. 맞다. 휴교령이 내려지던 날, 유독 턱수염이 길어서 오래된 시간 속에서 걸어 나온 것 같은 할아버지 손을 잡고 사라지던 아이. 성민이를 또렷하게 복원시켜 준 뇌가 고맙다. 민수가 살짝 그 이야기를 언급하자, 성민이는 환하게 웃으면서 몇 번이나 고개를 끄덕인다.

민수가 성민이 이름을 부르면서 더 힘껏 손을 잡았다.

"반갑다!"

"안 그래도 선주선이가 너 이야기 종종 한다. 우리 졸업하기 전에 민수네 집에 한 번 가자고 했는데……. 근데 여긴 어쩐 일이냐?"

"그냥, 너희들 보고 싶어서."

"와, 진짜? 짜식!"

성민이가 민수를 덥석 끌어안았다.

· · ·

교문 앞에서 학생주임 선생님이 어기적어기적 걸어온다. 선생님 어깨에 걸려 있는 죽도가 총이랑 너무도 비슷하다. 민수는 순간적으로 고개를 흔들고, 발에다, 손에다, 입술에다, 눈에다. 가슴에다, 배에다, 허리에다. 모든 뼈에다, 힘을 주었다. 그래야만 자꾸만 번져 오는 그날의 기억으로부터 버틸 수 있으니까, "야, 이 새끼야, 정지하라구!" 검문소에 자신의 가슴에다 총을 겨누던 입술 두꺼운 계엄군이 눈앞에 흔들렸다. "이 개새끼, 귓구멍이 막혔나? 어디 가는 거야?" 총 개머리판이 가슴 깊숙이 파고들던 순간이 떠오르자 민수는 호주머니 속에 있는 라디오랑 안티푸라민을 번갈아 가면서 만진다.

정신 차리자, 정신 차리자! 민수는 두 다리에다 힘을 모으고 죽도를 쳐다보았다. 섬뜩하다. 왜 저런 것들을 들고 다니면서 학생들을 위협하는가. 묻고 싶다. 왜 그들은 학생들을 편하게 맞이할 수 없을까. 그들에게 학생이란 어떤 존재일까. 진심으로 묻고 싶다.

성민이가 학생주임 선생님을 보고는 거수경례를 했다. 군인도 아닌데, 벌써부터 군인 흉내를 낸다. 민수는 엉거주춤 고개를 숙여 인사한다.

"야, 안성민! 곧 수업 시작하는데, 여기서 뭐 해?"

성민이가 잠깐 망설이다가 학생주임 선생님 앞으로 가서

민수를 소개했다. 학생주임 선생님은 홍민수라는 이름을 몇 번 곱씹더니, "아, 너 광주사태 이후에 휴학한 놈!" 하고 알아봤다.

"홍민수, 반갑다! 너 사람을 알아보지도 못할 만큼 건강이 안 좋다고 들었는데, 아주 좋아 보이네!"

학생주임 선생님은 다시 시계를 보더니, 어쩐 일이냐고 물었다. 민수는 망설이다가 친구들이 보고 싶어서 왔다고 솔직하게 말했다. 선생님이 성민이한테는 어서 교실로 들어가라고 하더니, 1학년 때 담임 선생님이 누구였냐고 물었다. 민수가 한 박자 느리게 대답했다. 선생님은 그런 민수가 답답하다는 듯이 죽도로 땅을 툭툭 치고는 학교에 가서 이야기하자고 손짓했다.

"기왕 왔으니까 교장 선생님도 만나 뵙고, 나하고도 이야기 좀 하자."

이런 시간에 대해서는 전혀 예상하지 못한 터라 민수는 많이 당황했다. 성민이는 이따가 보자는 말만 남기고는 교문 앞으로 뛰어간다.

민수는 교실 복도로 들어가자 괜히 긴장된다. 1교시 시작을 알리는 음악 소리가 울린다. 민수는 화장실에 가서 소변을 보고 얼굴을 씻는다. 그리고 나자 조금 마음이 차분해진다.

민수는 은연중에 마음속으로 중얼거린다.

학생주임 선생님은 권투선수가 되어 민수 상상력 속으로 들어와 있다.

오늘은 홍민수 선수의 복귀전, 재기전인데요. 상대가 만만치 않습니다. 상대는 학생주임 선수, 경력이 화려하죠. 특히 이 선수는 KO율이 90퍼센트가 넘을 정도로 핵펀치를 갖고 있으며, 맷집이 좋아서 한 번도 KO패를 당한 적이 없습니다. 양 훅이 장기이고, 저돌적으로 밀고 들어오는 인파이팅 복서입니다. 과연 홍민수 선수가 지난 3년간의 공백기를 딛고 일어설 수 있을지 의문입니다. 자, 체격조건도 학생주임 선수가 월등하게 좋은데요.

자, 말씀드리는 순간, 1회전 공이 울렸습니다. 학생주임 선수 기습적으로 라이트 훅! 아, 위협적입니다. 홍민수 선수, 몸을 이리저리 흔들면서 다가섭니다. 3년 전에 충격적인 KO패로 한때 은퇴를 선언하기도 했는데, 그런 과정을 다 이겨 내고 다시 링에 올라선 홍민수 선수. 과연 다시 재기할 수 있을까요?

학생주임 선생님이 화장실 밖에서 기다리고 있다. 민수가 도망이라도 칠까 봐 그러는 것일까. 민수는 괜히 기분이 나빠졌다.

학생주임 선생님이 교장실 문을 노크했다. 안으로 들어간 학생주임 선생님이 간단하게 민수에 대해서 말하자, 교장 선생님은 대뜸 어머니 안부부터 물어보았다.

"민수군, 어머니는 잘 계시지? 그때 민수군 건강 상태가 좋지 않아서 휴학한다고 했을 때, 어머니 표정이 어찌나 창백하던지, 많이 걱정했지. 그리고 또 같이 오신 분이 있었는데……, 민수군 누님이라고 하던데? 아, 아무튼 그 누님도 잘 계시고? 아무튼 반갑네. 이렇게 건강하게 회복되어서 더더욱 반갑네."

민수 앞에는 박카스 병이 놓여 있다. 옆에 앉은 학생주임 선생님이 비틀어서 딴 뚜껑을 휴지통에다 넣고는 민수한테 마시라고 권했다. 민수는 박카스가 보기 싫다. 차멀미 약이랑 비슷해서 그러는 게 아니다. 언제부턴지 박카스를 보면, 그때 그 도로가에서 가마솥을 걸어 놓고 밥을 하던 어머니들이 떠오르기 때문이다. 민수는 억지로 박카스를 마신다. 갑자기 눈물이 나려고 했다. 얼른 천장에 매달린 형광등 쪽으로 눈길을 돌린다.

교장 선생님이 다시 건강은 어떠냐고 물었다.

"예, 괜찮습니다."

"그래, 천만다행이다. 이제 모든 것 다 잊고……."

교장 선생님은 민수랑 동기인 3학년들의 대학 학력고사 성적이 아주 훌륭하게 나왔다고 하면서, 민수한테도 검정고시 준비를 해야 한다고 말했다. 순간 민수는 잘못 들은 게 아닌가 하고 다시 교장 선생님을 쳐다보았다. 검정고시라니? 민수는 아직 이 학교 학생이다. 그렇다면 먼저 복학에 대한 생각을 물어야 하는 게 아닌가? 민수는 아무런 대답을 하지 않았다. 교장 선생님은 30여 분간 덕담이 섞인 말을 하다가, 갑자기 벽에 붙은 달력을 보면서 말소리를 낮춘다.

"그리고 홍군. 혹시 학교 친구들을 만나더라도, 광주사태에 대한 이야기는 하지 말게. 특히 홍군 이야기는 할 필요가 없네. 알았는가?"

민수는 고개를 끄덕인다. 그러면서 이렇게 말하고 싶다. "교장 선생님, 제가 말하지 않아도 친구들은 다 알고 있어요. 저보다 더 잘 알고 있어요. 그때 모두 광주에 있었잖아요? 근데 모르겠어요? 그 친구들한테 제가 무슨 말을 하겠습니까?" 그건 민수의 솔직한 심정이다. 민수가 친구들을 보고 싶은 것은 그 말을 하고 싶어서가 아니다. 이제야 너희들이 무서운 적으로 보이지 않고, 어렸을 때 동무처럼 얼굴을 만지고 같이 웃고 떠들고 싶은 친구들로 보인다는 말을 하고 싶다. 그 말을 하고 싶어서 왔을 뿐인데, 교장 선생님은 뜻밖의 말까지 덧붙인다. 혹시라도, 만약에 민수가 복학하게 된다면, 한 달에 한 번씩 면담하고, 경찰에 아니 군 수사대에 면담 내용을 넘겨야 한다고. 그제야 민수는 교장 선생님이 한 치의 망설임도 없이 검정고시 이야기를 끄집어낼 수밖에 없었던 상황을 납득할 수 있었다.

학생주임 선생님은 교장실을 나오자 휴게실로 민수를 데려간다. 선생님은 민수의 1학년 때 담임 선생님은 작년에 퇴직했다고 하더니, 갈색 지갑에서 만 원짜리 지폐 한 장을 끄집어낸다. 민수는 이런 상황을 어찌 받아들여야 할지 몰라서 그냥 머뭇거린다. 선생님이 팔을 쭉 뻗어 민수 잠바 주머니에다 돈을 찔러 준다.

"이따가 가면서 점심 사 먹어라. 내가 나가서 사 줘야 하는데, 수업도 있고……. 어쨌든 오늘 건강한 모습으로 만나게 돼서 반갑다. 열심히 검정고시 준비해서 좋은 대학에 가라. 뭐

고등학교는 대학하고 달리 꼭 다녀야 하는 건 아니잖아? 또 나이 들어서 후배들하고 다니기도 그렇고. 그렇지? 고등학교 안 나왔다고 불이익당하는 것도 아니고. 대학만 나오면 돼. 자, 그렇게 하고. 언제든지 의논할 거 있으면 와라. 아, 그리고 오늘 학교에서는 친구들 만나지 마라. 아무래도 그게 좋겠어. 학교 밖에서도 만나지 않는 게 좋아. 5·18 사태 이후 학생들 단체 활동이 다 금지된 상태거든. 괜히 다방 같은 데로 우르르 가서 만나다가 누군가 신고하게 되면 여러모로 골치 아파진다. 아까 교장 선생님도 말씀하셨지만, 혹시 친구를 만나게 된다고 해도 광주사태에 대해서는 절대 떠벌리지 마라. 지금 세상이 그렇잖아? 괜히 후배들한테까지 알려지고 그러면 학교도 힘들고, 너도 힘들어져. 그러니 어디 먼 나라에 갔다 왔다 생각하자. 알았지?"

학생주임 선생님은 민수가 대답할 때까지 쳐다보다가, "네!" 하고 입에서 나온 말을 듣자 그제야 웃었다. 선생님이 이제 나가자고 먼저 일어선다. 2교시 수업 중이라 복도는 조용했다. 민수는 자신이 머물렀던 1학년 때 교실을 보고 싶다. 아직도 그 교실에 남아 있을 것 같은, 그 깡마른 아이를 불러내고 싶다.

학생주임 선생님은 다시금, 오늘 학교에서 친구들 만날 생각은 하지 말라고 했다. 지금 학교를 나가면 근처에서 맛있는 밥이나 먹고 가라고. 그리고 친구들 졸업식 때나 와서 축하해 주고, 나중에 대학에 가면 그때나 편하게 만나라고.

민수는 터널 같은 긴 복도를 걸어가면서 계속 마음속으로 중얼거린다.

자, 학생주임 선수, 5회전 접어들자마자 더욱 공세를 강화합니다. 잽, 잽, 잽…… 원 투 스트레이트! 원 투, 원 투, 원 투……. 마치 소총을 난사하듯이 소나기 펀치를 퍼붓고 있습니다.

홍민수 선수, 계속 밀리고 있는데요. 뭔가 대책이 있어야 할 것 같습니다. 다시 코너로 밀리고 있습니다. 위험합니다. 라이트 훅, 레프트 훅! 대포를 쏘듯이, 학생주임 선수의 펀치가 허공을 가릅니다. 어퍼컷! 아, 코너에서 헤어나지 못하는 홍민수 선수. 안타까운 순간입니다. 모든 게, 너무도 역부족인 것 같습니다.

자꾸만 눈물이 나오려고 했다. 이 시간이 지나가면 다시는 학교로 돌아오지 못할 것이다. 단 한 번만이라도 좋으니까, 1학년 때 그 시간이 머물러 있는 교실로 들어가고 싶다.

복도 끝에서 차가운 바람이 불어온다. 저도 모르게 가슴을 웅크린다. 1학년 때 교실이 눈에 들어온다. 그곳에 있을 외로운 소년이 떠오른다. 민수는 바지 호주머니에다 손을 넣었다. 둥글둥글한 것이 잡힌다. 안티푸라민이다. 그 아이한테 안티푸라민을 발라 주고 싶다. 민수는 그 냄새를 떠올리면서 가만히 소년의 이름을 부른다.

"홍민수!"

그것은 살아 있다는 것의 표현, 영혼 깊숙한 곳에서 새어 나오는 울림이다.

복도 현관문으로 학생들이 들어온다. 운동장에서 달려온 것 같다.

"홍민수!"

짝꿍 얼굴이 보이고, 조금 전에 만났던 성민이도 보이고, 그때 반장이었던 놈도 보이고……, 처음에는 환상인가, 꿈인가 했다.

이때, 관중석 학생들이 일어섭니다. 풀로 만든 모자를 쓴 아이, 오토바이 헬멧, 프로야구⋯⋯, 모자를 쓴 학생, 태극기가 그려진 머리띠를 한 학생, 그냥 수건을 쓴 학생, 빨간 손수건을 목에다 두른 학생⋯⋯. 오, 허리에다 탄띠를 찬 학생도 보이는데요. 관중석에서 노래도 흘러나오네요. 사나이로 태어나서 할 일도 많다만⋯⋯, 그 노래를 부르면서 나무를 심고 있네요. 살구나무, 동백나무, 해당화, 찔레, 장미, 회화나무⋯⋯, 저마다 다른 나무를 심고 있네요. 그런 기운이 전달되었을까요? 홍민수 선수도 맞받아치기 시작합니다. 레프트, 라이트 훅, 스트레이트! 학생주임 선수가 당황하기 시작했습니다.

학생주임 선생님이 굵은 목소리로 호통친다.

"야, 이놈들아! 이거 뭐 하는 짓이야?"

아이들은 엉거주춤 인사를 하고는, 곧장 민수 쪽으로 뛰어온다.

"홍민수!"

그 메아리가 살아서 몇 번이나 울려 퍼진다.

2교시가 끝났음을 알리는 음악 소리도 울린다. 더 많은 아이들이 복도로 쏟아져 나온다. 곧 축제가 다시 시작될 모양이다.

민수는 그때 그 가장행렬을 떠올리기 시작한다.

아직 축제는 끝나지 않았다.

1980년 5월, 당시 소년은 17살이었습니다

몇 년 전 우연히 지인들과 밤을 새우는 일이 있었습니다. 어쩌다 보니 제 비망록을 풀어놓았고, 그걸 들은 지인들은 이제 소설 속에다 그 소년을 풀어놓을 때가 되었다고 말했습니다.

사실 그 이야기는 특별하지 않습니다. 1980년 5월 광주에서 살았던 사람이라면 누구나 몇 조각씩 안고 있을 보편적인 기억일 것입니다. 더구나 저는 한 번도 시민군 차를 타지 않았습니다. 그만큼 겁 많은 아이였습니다. 그런데도 그날만 생각하면 아찔해지면서 항문에다 힘을 꽉 주게 됩니다. 전생의 물똥까지 다 쏟아 내던 그 날의 치욕이 언제나 희미해질까요?

2000년대 초반 어느 날이었던가. 5·18 광주민주화운동의 당사자라고 하신 분이었던가. 그런 분이 연락을 해 왔고, 저한테 당신 이야기를 소설로 써 달라고 했습니다. 이제야 제가 왜 당신의 부탁을 거절할 수밖에 없었는지 조금은 짐작하셨을 겁니다. 그래요. 저는 그 이야기를 쓸 자신이 없었습니다.

저는 고등학교 졸업 앨범도 소유하지 않았습니다. "왜 앨범을 사려고 하지 않니?" 선생님의 물음에 울컥했지만, 끝내 진실을 말할 수 없었습니다. "그냥요. 아무런 추억이 없으니까요." 그렇게 대답했을 뿐. 항쟁이 끝나고 학교생활이 시작되면서 여러 가지 증상들이 나타났습니다. 불안, 두려움, 불면 그리고 말까지 더듬게 되었습니다. 걸핏하면 물똥을 싸는 증상으로 곤욕을 치렀습니다. 특히 훈련용 총을 보고 갑자기 물똥이 쏟아져서 화장실로 달려갔다가 그 대가를 교련 선생님한테 혹독하게 당하기도 했습니다. 그런 총체적인 증상이 저를 점령해 버렸으니, 그 시간을 앨범으로 남긴다는 것은 끔찍한 일이었습니다. 어서 그 시간으로부터 도망치고 싶었으니까요. 심지어 선도부 학생들도 다 군인들로 보였습니다.

　글을 쓰기 시작할 때만 해도, 이제는 그 시간 속에서, 그 도시에서, 그 학교에서 아직도 웅크리고 있는 씨앗 같은 아이를 구해 내야 한다고 생각했습니다. 그런데 막상 이야기를 쓰기 시작하니까, 그 아이가 이젠 괜찮다고 저한테 말을 걸어옵니다. 오히려 저를 위로합니다. 지금까지 잘 살아왔다고요. 순간 저만 약한 존재였지, 그 아이는 강한 영혼을 가지고 있었구나, 하는 생각을 하게 되었습니다. 그래서 이 글을 편안하게 세상에다 놓아주게 되었습니다. 어쩌면 어머니의 이야기가 있어서 더 의지하게 되었는지도 모릅니다. 그날, 시민군에게 담배 한 보루를 건네주면서, 맞담배를 피우던 어머니의 시간이, 저한테는 너무도 특별한 사진으로 뇌에 남아 있거든요.

　1980년 5월, 당시 소년은 17살이었습니다.
　그때부터 살아가는 것들, 생명에 대한 생각을 유독 많이 하게 되었습니다.

이 글에 나오는 홍무채는 사실적이면서도 허구적인 인물입니다. 저는 여전히 그 형이 당신만의 세상에서 푸르게 살고 있을 거라고 상상합니다. 그 소년을 비롯하여 무채 형, 모두 다 편안하시기를.

2024년 1월, 이상권

이상권

산과 강이 있는 마을에서 태어나 대학에서 문학을 공부했다. 어린 시절 본 수많은 풀꽃과 동물들의 삶과 생명의 힘을 문학에 담고 있다. 1994년 계간 〈창작과비평〉에 소설을 발표하면서 이야기꾼이 되었고, 이후 일반문학과 아동·청소년 문학의 경계를 넘어 자유롭게 글을 쓰고 있다.

작품으로는 《위로하는 애벌레》, 《시간여행 가이드, 하얀 고양이》, 《시간 전달자》, 《서울 사는 외계인들》, 《첫사랑ing》 등이 있다. 소설 《고양이가 기른 다람쥐》는 현재 고1 국어 교과서에 수록되어 있다. 《하늘로 날아간 집오리》를 비롯하여 10여 권의 책이 일어, 프랑스어, 스페인어, 중국어 등으로 소개되었다.